HARD CASE CRIME

Lawrence Block

ABZOCKER

Übersetzt von
Ludwig Nagel

HARD CASE CRIME

Rotbuch Verlag

Ungekürzte Fassung,
Übersetzung überarbeitet und nach dem Original
ergänzt von Lisa Kuppler

ISBN 978-3-86789-022-9

1. Auflage

Titel der Originalausgabe: »Grifter's Game«,
ursprünglich erschienen unter dem Titel »Mona«

Typografie und Satz: Andreas Fack, Berlin
Druck und Bindung: CPI Moravia Books GmbH

Die Reihe »Hard Case Crime« in deutscher Sprache ist eine internationale
Kooperation der Winterfall LLC und Rotbuch Verlag GmbH.
Das Logo und der Name »Hard Case Crime« sind Markenzeichen
der Winterfall LLC und lizenziert für die Rotbuch Verlag GmbH.

Ein Verlagsverzeichnis schicken wir Ihnen gern:
Rotbuch Verlag GmbH
Neue Grünstraße 18, 10179 Berlin
Tel. 01805/30 99 99
(0,14 Euro/Min. aus dem deutschen Festnetz,
abweichende Preise für Mobilfunkteilnehmer)

www.rotbuch.de

Für Loretta

1

Die Hotelhalle war klimatisiert, und in dem Teppich versank man geräuschlos und weich, ohne eine Spur zu hinterlassen. Die Hotelboys eilten schweigend durch die Halle, wobei sie den Eindruck behutsamer Tüchtigkeit verbreiteten. Die Lifts fuhren leise und stoppten leise, und die hübschen Mädchen, die darin standen und die Knöpfe bedienten, kauten nicht einmal Kaugummi – allenfalls wenn sie abends ihre Arbeit beendet hatten. Die Decken waren hoch, und die Kronleuchter, die an ihnen hingen, waren prunkvoll.

Die Stimme des Empfangschefs war tief und leise. Er tat so, als wollte er mit jedem Wort um Entschuldigung bitten. Aber das änderte nichts an dem, was er zu sagen hatte. Er wollte das, was solche Kerle in jeder stinkenden Kneipe von Hackensack bis Hongkong wollen: Geld.

»Es tut mir wirklich leid, dass ich Sie belästigen muss, Mr. Gavilan«, sagte er. »Aber es ist hier im Hotel üblich, von den Gästen alle zwei Wochen eine Begleichung der Rechnung zu verlangen. Und da Sie bereits etwas länger als drei Wochen hier sind …«

Den Rest des Satzes sprach er nicht aus, sondern ließ die Worte vielsagend in der Luft hängen. Er lächelte und hob dabei die Hände, als wollte er mir zeigen, dass es ihm eigentlich peinlich war, über Geld reden zu müssen. Es war ihm angenehm, welches zu bekommen, aber reden mochte er nicht darüber.

Ich erwiderte sein Lächeln. »Hätten Sie mir das doch eher gesagt«, antwortete ich. »Die Zeit vergeht wie im Fluge, man kommt gar nicht mehr richtig mit. Hören Sie, ich gehe jetzt sofort auf mein Zimmer und zieh mich um. Machen Sie die Rechnung fertig, bis ich wieder herunterkomme. Ich muss ohnehin zur Bank. Da schlage ich gleich zwei Fliegen mit einer Klappe, hebe für mich Geld ab und bezahle meine Rechnung.«

Sein Lächeln war noch breiter als meines. »Wir akzeptieren selbstverständlich auch einen Scheck, Mr. Gavilan. Das heißt …«

»Das hätte keinen Sinn«, sagte ich. »Mein Konto ist bei einer Bank in Denver. Es würde Wochen dauern, bis der Scheck ausbezahlt wird. Aber ich habe einen Wechsel auf eine Bank hier in der Stadt. Lassen Sie nur die Rechnung fertig machen, bis ich herunterkomme, dann zahl ich heute Nachmittag in bar. Einverstanden?«

Natürlich war er einverstanden. Ich ging zum Lift und betrat ihn, ohne mein Stockwerk anzugeben. Wenn man im *Benjamin Franklin* ein oder zwei Tage wohnt, merken sich die Liftboys, in welcher Etage man untergebracht ist.

Ich stieg im siebten Stockwerk aus und ging in mein Zimmer. Das Zimmermädchen hatte noch nicht aufgeräumt, und es sah noch genauso unordentlich aus wie vorher, als ich zum Frühstück hinuntergegangen war. Ich setzte mich ein paar Minuten auf das ungemachte Bett und überlegte, was mich mein dreiwöchiger Aufenthalt im besten Hotel von Philadelphia wohl kosten würde. Einen Batzen Geld jedenfalls, ganz gleich, wie ich auch rechnete. Sicher mehr als zehn Dollar am Tag. Und dann hatte ich auch drei Wochen lang im Restaurant die Rechnungen nur abgezeichnet, und genauso hatte ich es mit dem Zimmerservice gemacht, wenn ich mir Whiskey heraufschicken ließ. Ebenso mit der Wäscherei und der chemischen Reinigung und all den anderen Diensten, die Philadelphias führendes Hotel anzubieten hatte. Eine imposante Summe.

Vielleicht fünfhundert Dollar. Vielleicht weniger, vielleicht mehr.

Eine wirklich verdammt imposante Summe.

Ich zog meine Geldbörse aus der Hosentasche und zählte mein Geld. Etwas mehr als hundert Dollar. Und natürlich besaß ich keinen Wechsel auf eine Bank in Philadelphia, auch kein Konto bei einer Bank in Denver. Keine Aktien. Keine Wertpapiere. Gar nichts. Ich hatte an die einhundert Dollar, das war's.

Ich zündete mir eine Zigarette an. Immerhin hatten sie mich beinahe einen Monat lang durchgefüttert, ohne dass das Wort Geld auch nur einmal erwähnt worden wäre. Die meisten schnappten sie schon früher. Zum Glück war ich vorsichtig und hatte alles cool wie ein Profi durchgezogen. Ich wirkte nicht wie ein Hungerleider. Das war wichtig.

Trinkgelder zum Beispiel gab ich immer in bar, und zwar aus zwei Gründen. Ich hielt nichts davon, Pagen und Kellnerinnen, die wahrscheinlich genauso blank wie ich waren, um ihr Trinkgeld zu bescheißen. Und dann zieht man unweigerlich Aufmerksamkeit auf sich, wenn man Trinkgelder auf die Rechnung setzen lässt und sie dann nur abzeichnet. Dann haben einen alle genau im Visier.

Also gab ich Trinkgeld bar und immer großzügig; einen Dollar für die Pagen und genau zwanzig Prozent für die Kellnerinnen. Das ging ins Geld, aber das war es wert. Für mich hatte es sich immer gelohnt.

Ich zog mich aus und duschte. Zuerst ließ ich den heißen Strahl über mich laufen, dann drehte ich die Dusche eiskalt. Ich dusche gern. Beim Duschen fühle ich mich wie ein Mensch.

Während ich mich abfrottierte, sah ich mich im Spiegel an. Es stimmte noch alles – durchtrainierter Körper, kräftige Schultern, sonnengebräunter Teint, schmale Hüften, Muskeln. Ich sah gepflegt und wohlhabend aus. Mein Gepäck war aus erstklassigem Rindsleder, und meine Schuhe waren teuer. Genau wie meine Anzüge.

Ich würde sie vermissen.

Ich zog mich schnell an, und zwar alles, was ich am Leib tragen konnte. Unter dem Anzug trug ich meine karierte Badehose und unter dem Seidenhemd ein wollenes. Zwei Paar Kaschmirsocken steckte ich in die Schuhe. Ich band mir meine beste Krawatte um und schob die zweitbeste in die Tasche. Meine vier Krawattenspangen steckte ich mir an; unter der Jacke sah man sie nicht.

Noch mehr Klamotten, und ich hätte ausgesehen wie ein Kartoffelsack. Und das wollte ich unbedingt vermeiden. Ich steckte das Portemonnaie ein, hinterließ noch etwas mehr Durcheinander in meinem Zimmer, als vorher schon geherrscht hatte, und drückte nach dem Lift.

Der Empfangschef hatte meine Rechnung fertig, als

ich wieder in die Halle kam. Sie war ziemlich hoch. Alles in allem belief sie sich auf beachtliche sechshundertsiebzehn Dollar und dreiundvierzig Cent; sogar noch etwas mehr, als ich angenommen hatte. Ich lächelte, dankte dem Empfangschef und ging hinaus, wobei ich mir Gedanken über die Rechnung machte.

Sie war selbstverständlich auf David Gavilan ausgestellt.

Und selbstverständlich heiße ich nicht David Gavilan.

Ich brauchte zwei Dinge: Geld und eine neue Stadt, in der ich es ausgeben konnte. Philadelphia war ganz nett gewesen, aber irgendwie hatte es hier nicht geklappt. Ich hatte eine Woche gebraucht, um den richtigen Dreh rauszukriegen, noch mal eine, um damit anzufangen, und die dritte Woche, um festzustellen, dass alles von Anfang an ein Fehler gewesen war.

Ein Mädchen spielte dabei natürlich auch eine Rolle. Das ist immer so.

Sie hieß Linda Jamison, und sie roch nach Geld. Sie hatte kurzes schwarzes Haar, wilde Augen und einen hübschen Busen. Ihre Ausdrucksweise ließ auf eine teure Erziehung für höhere Töchter schließen. Sie sah gut aus, kleidete sich ebenso und konnte reden. Ich nahm an, dass sie aus einer der großen, reichen Familien stammte, oder zumindest aus deren näherem Umfeld.

Aber sie kam aus keiner reichen Familie. Sie trieb sich selbst nur herum.

Ich gabelte sie in einer guten Bar in der Sansom Street auf, wo die obere Gesellschaft verkehrt. Wir tranken ein paar Gibsons miteinander, aßen zusammen zu Abend und sahen uns zusammen einen Film an. Dabei benutzten wir immer ihren Wagen, ein ziemlich teures Modell.

Alles sah prächtig aus.

Ich verabredete mich drei Tage hintereinander mit ihr, ehe ich sie zum ersten Mal küsste. Ich bereitete alles sorgfältig vor, ließ die Sache ganz langsam angehen. Mit achtundzwanzig bin ich zu alt, um noch herumzuspielen. Wenn ich einen Treffer landete, dann musste es ein richtiger Hauptgewinn sein. Vielleicht würde ich sie sogar heiraten. Warum auch nicht, zum Teufel? Sie sah nicht schlecht aus, und so wie sie sich bewegte, machte es vielleicht sogar im Bett Spaß mit ihr. Außerdem roch sie nach Geld. Ich stehe auf Geld. Man kann sich so schöne Dinge damit kaufen.

Also küsste ich sie beim vierten Rendezvous und beim fünften ein wenig mehr und beim sechsten zog ich ihr den verdammten Büstenhalter aus und spielte ein wenig mit ihren Brüsten. Es waren nette Brüste. Fest, süß, groß. Ich streichelte und liebkoste sie, und das schien ihr ebenso zu gefallen wie mir.

Zwischen dem sechsten und siebten Rendezvous setzte ich endlich meinen Kopf ein, der mir die ganze Zeit nur als Huthalter gedient hatte. Für schlappe zehn Dollar ließ ich ihren Hintergrund von Dun & Bradstreet überprüfen und musste feststellen, dass ihre Nummer vom Mädchen aus reicher Familie so unglaubwürdig war wie eine eckige Weintraube. Sie war auf der Suche nach einem betuchten Bräutigam, und das dämliche kleine Ding verschwendete seine Zeit mit mir, während ich neunmalkluger Idiot meine Zeit und mein Geld damit verschwendete, sie anzubaggern. Eigentlich wäre es lustig gewesen, nur stand mir im Moment nicht der Sinn nach derartigem Humor.

Also beschloss ich, mich beim siebten Rendezvous

auszahlen zu lassen, und zwar in jeder Hinsicht. Ich lud sie wieder zum Essen ein, und wieder nahmen wir ihren Wagen. Ich kurvte drei Stunden lang in der Gegend herum und brauchte dabei keinen Cent für sie ausgeben. Dann fuhr ich zu ihrer Wohnung, einem modischen kleinen Apartment, das offensichtlich ihre Investition für die Zukunft darstellte, ähnlich wie für mich mein Zimmer im *Franklin*. Wir gingen hinein und fanden uns kurz darauf im Schlafzimmer wieder.

Diesmal meinte ich es ernst. Ich zog ihr das Kleid und den Büstenhalter aus und vergrub mein Gesicht in ihrem Busen. Ich streifte ihr den Unterrock ab und löste den Strumpfgürtel, dann rollte ich ihr die Strümpfe herunter. Anschließend kam noch das Höschen. Dann lag nur noch die kleine Linda Jamison auf dem Bett, das Mädchen meiner Träume.

Die Schlacht war gewonnen, aber ich war entschlossen, meinen Triumph bis zur Neige auszukosten. Meine Hand strich über ihren Rücken und endete im verheißenen Land. Sie stöhnte glücklich, und ich glaubte nicht, dass das Stöhnen gespielt war. Sie war heiß wie ein Sonnenbrand.

»Linda«, flüsterte ich sanft in ihr Ohr, »ich liebe dich. Willst du mich heiraten?«

Das brachte sie in Ekstase.

Von da an war es wie auf Wolke sieben und sogar noch besser. Ich stürzte mich auf sie wie ein Stier auf den Matador und wühlte mich in ihre seidenweiche Haut. Sie liebte mich mit der Neugier einer ungeduldigen Jungfrau und der Raffinesse einer abgeklärten Hure. Ihre Nägel rissen Hautfetzen aus meinem Rücken, und ihre Schenkel erdrückten mich beinahe.

Wir nahmen uns sehr lange Zeit. Beim ersten Mal war es wild und ungehemmt und sehr gut. Dann gab es ein Zwischenspiel, als zwei Köpfe sich ein Kopfkissen teilten und einander leidenschaftliche Dinge zuflüsterten. Der Wermutstropfen war, dass wir beide logen wie die Raben. Trotzdem machte es Spaß, damit Sie mich da nicht missverstehen.

Und dann das zweite Mal. Diesmal kontrolliert, aber wenn möglich noch leidenschaftlicher. In gewisser Weise war es eine sehr eigenartige Liebesnacht. Wir spielten uns beide etwas vor, doch nur ich wusste genau, um was es ging, während sie nur ihre Seite des Spiels kannte.

Vielleicht wäre es sogar der Mühe wert gewesen, sie noch eine Weile zappeln zu lassen. Sie war gut, verdammt gut, falls ich das noch nicht erwähnt habe. Ich hätte mich weiter mit ihr verabreden, vielleicht noch eine Woche mit ihr schlafen können. Aber ich hatte schon gewonnen, und das Spiel war nicht mehr interessant. Also beschloss ich, es hinter mich zu bringen.

Wir lagen auf dem Bett. Ich hatte eine Hand auf ihrer Brust liegen. Sie fühlte sich gut an.

»Linda«, sagte ich, »ich habe dich angelogen.«

»Was meinst du damit?«

»Ich weiß, dass es dir nichts ausmachen wird«, sagte ich. »Wenn ich dich nicht so gut kennen würde, würde ich es wahrscheinlich gar nicht riskieren, es dir zu sagen. Aber ich kenne dich, meine Liebe. Und zwischen uns darf es keine Geheimnisse geben. Ich muss es dir sagen.«

Jetzt fing sie an, Interesse zu zeigen.

»Linda«, sagte ich, »ich bin nicht reich.«

Sie bemühte sich, nicht zusammenzuzucken, das tapfere Ding. Aber meine Hand lag auf ihrer Brust, und ich spürte, wie sich jeder Muskel in ihr anspannte, als sie kapierte, was ich gesagt hatte. Fast tat sie mir leid.

»Ich habe dir etwas vorgespielt«, sagte ich. »Weißt du, ich habe dich kennengelernt und mich sofort in dich verliebt. Aber zwischen uns liegt eine solche Kluft – du reich und ich arm wie eine Kirchenmaus. Ich konnte mir nicht vorstellen, dass ich bei dir eine Chance habe. Natürlich kannte ich dich da noch nicht so gut wie heute. Aber jetzt weiß ich, dass Geld dir nichts bedeutet. Du liebst mich, und ich liebe dich, und alles andere hat keinerlei Bedeutung. Stimmt's?«

»Natürlich.« Sehr überzeugend klang sie nicht.

»Aber jetzt«, fuhr ich fort, »musste ich es dir sagen. Ich hatte keine Ahnung, dass alles so schnell gehen würde. Ich meine, wir sind hier zusammen und wollen heiraten. Also musste ich dir sagen, dass ich – nun, dass ich dir nicht die ganze Wahrheit gesagt habe, sozusagen. Ich weiß, dass es dir nichts ausmacht, aber ich wollte es dir sagen.«

Ab diesem Moment war unser kleines Spiel zu Ende. Als ich am nächsten Tag bei ihr anrief, meldete sich niemand am Telefon. Ich ging zu ihrer Wohnung und erkundigte mich bei ihrem Vermieter. Sie war ausgezogen, mit all ihren Habseligkeiten. Eine Nachsendeadresse hatte sie auch nicht hinterlassen. Kunststück, denn sie war zwei Monatsmieten im Rückstand.

Zum Totlachen.

Aber jetzt war es gar nicht mehr so komisch. Jetzt stand ich selbst auf der Straße, beinahe pleite und ohne die geringsten Aussichten, zu Geld zu kommen. Es war Sommer und heiß, und ich langweilte mich. Ich brauchte Tapetenwechsel, einen neuen Wirkungskreis. Es musste eine Stadt in der Nähe sein, aber im nächsten Staat, eine Stadt, die ich kannte, aber die sich nicht an mich erinnerte. Zu viele Städte erinnerten sich an mein Gesicht. Und die Liste wuchs alle paar Monate.

Dann kam mir ein Gedanke. Atlantic City. Drei Jahre war das her. Eine Mrs. Ida Lister, fast vierzig, aber immer noch gut gebaut, immer noch hungrig, immer noch eine Wildkatze im Bett. Die zwei Wochen meiner sexuellen Dienste hatte sie ausgesprochen großzügig honoriert. Sie hatte alle Rechnungen übernommen, mir eine neue Garderobe spendiert und dazu noch die fünfhundert Dollar in bar zugesteckt.

Die Juwelen, die ich mitgehen ließ, brachten mir weitere dreitausend ein.

Atlantic City.

Eine dreckige kleine Stadt. Eine Mischung aus Times Square, Coney Island und Miami Beach. Nicht gerade das aufregendste Plätzchen Erde.

Aber die Zugfahrt von Philly nach Atlantic City kostete gerade mal einen Dollar, und es lag auf der anderen Seite der Staatsgrenze. Es war ein Ferienort, eine Stadt in neutralem Grau, voller Herumtreiber, unter denen niemand auffiel. Dort konnte ich mir neue Beziehungen aufbauen. Ernsthafte dieses Mal. Ich konnte es mir nicht noch einmal leisten, Schlacht um Schlacht zu gewinnen und den Krieg zu verlieren. Keine Tändeleien mehr mit vollbusigen Flittchen wie Linda Jamison.

Ich stieg in ein Taxi und sagte dem Fahrer, er solle mich zur Bahnstation bringen. Er raste die Market Street hinunter, und ich fragte mich, wann die Versager im *Franklin* wohl merken würden, dass ich mich aus dem Staub gemacht hatte.

Es war ein Bummelzug, aber die Fahrt war nicht weit. Wir fuhren durch Haddonfield und Egg Harbor und noch ein paar Städte, an die ich mich nicht mehr erinnere. Dann trafen wir in Atlantic City ein, und die

Passagiere standen auf und schickten sich an auszusteigen.

Es war ein höllisch heißer Tag, und ich sah keine Wolke am Himmel. Zum Glück hatte ich die Badehose mitgenommen. Ich freute mich darauf, den Anzug auszuziehen und ins Wasser zu springen. Schwimmen habe ich schon immer gern gemocht. Außerdem sehe ich am Strand gut aus. Das ist einer meiner Vorzüge.

Ich hatte den Bahnhof schon verlassen, als mir etwas einfiel. Ich musste mich in einem Hotel einquartieren, und dazu brauchte ich Gepäck. Sicher könnte ich auch ohne Gepäck einchecken, aber lange würde das nicht gut gehen. Ohne Gepäck wird einem jeden Tag die Rechnung vorgelegt, und in der Sorte Etablissement, die mir vorschwebte, würde das Zimmer gut und gern fünfzehn Dollar am Tag kosten – ohne Mahlzeiten, und zwanzig mit. In der Hochsaison ist das Leben in einem Ferienort verdammt teuer. Klar, es gibt überall billige Bleiben, Löcher, wo man zwei Dollar für ein Zimmer hinblättert und keiner Fragen stellt. Aber das war für mich nicht das Richtige. Wenn man sich irgendwo neu niederlassen will, dann nur erster Klasse. Sonst kann man gleich dort bleiben, wo man ist.

Gepäck. Ich konnte mir einen gebrauchten Pappkoffer bei einem Pfandleiher kaufen, ihn mit alten Kleidern und ein oder zwei Telefonbüchern vollstopfen. Doch viel nutzen würde mir das nicht. Die großen Hotels rümpfen die Nase, wenn ein Gast mit billigem Gepäck einchecken will. Und die Zimmermädchen geraten nicht gerade in Ekstase, wenn sie im Koffer Telefonbücher finden.

Ich hatte keine Wahl.

Ich ging zum Bahnhof zurück, betrat das Gebäude langsam. Am Gepäckschalter stand eine Schlange, und ich stellte mich ebenfalls an. Ich besah mir die ausgestellte Ware und suchte nach den besten Stücken. Es war nicht schwer. Zwei zueinander passende Koffer mit dem Monogramm LKB standen nebeneinander auf dem Ausgabeschalter. Erstklassige Ware, beinahe neu. Sie gefielen mir ausgesprochen gut.

Ich blickte mich um. Mr. L.K.B. war austreten oder sonst irgendwohin verschwunden. Jedenfalls schien sich niemand für sein Gepäck zu interessieren, nicht mal der Typ von der Gepäckausgabe.

Ich nahm beide Koffer.

So einfach war das. Kein Gepäckzettel, nichts. Ich nahm die Koffer, warf dem Mann einen Dollar zu und schlenderte davon. Niemand stellt einem Fragen, wenn man einen Dollar Trinkgeld gibt; jedenfalls nicht Leute in einer Gepäckaufbewahrung, die sich für vierzig Dollar die Woche fünfmal am Tag von Kunden anpöbeln lassen müssen. Der Mann würde sich nicht einmal daran erinnern, welche Koffer ich genommen hatte. Und bis L. K. B. bemerkte, was passiert war, war ich schon lange verschwunden. Die meisten Leute brauchen lange, um zwei und zwei zusammenzuzählen, und selbst dann kommen sie meistens auf fünf.

Ein Taxi brachte mich ins *Shelburne*. Ein Portier öffnete mir die Tür und nahm meine Koffer. Ein Page nahm sie ihm ab und führte mich zur Rezeption. Ich lächelte dem Mann hinter der Theke kurz zu und verlangte das beste Einzelzimmer im Hause. Ich bekam es. Er fragte mich, wie lange ich bleiben wollte, und ich antwortete, ich wüsste es nicht – eine Woche, zwei Wochen.

Das gefiel ihm.

Mein Zimmer lag im obersten Stockwerk, ein angenehmer Raum von den Ausmaßen eines Palastes, in dem sechs ausgewachsene Menschen bequem hätten wohnen können. Das Mobiliar war modern, der Teppich dick. Ich war glücklich.

Zuerst stellte ich mich unter die Dusche, um den Eisenbahngeruch loszuwerden. Dann streckte ich mich auf dem Doppelbett aus und hing angenehmen Gedanken nach. Mein Name war nun Leonard K. Blake. Ein guter Name, ebenso gut wie David Gavilan. Selbst mein eigener Name war nicht besser.

Ich stand auf, ging zum Fenster und blickte hinaus. Unter mir lag die Uferpromenade, und auf der anderen Seite der Promenade war schon der Strand. In diesem Abschnitt hielten sich nicht allzu viele Menschen auf, denn er war privat – reserviert für Gäste des *Shelburne*. Sie mussten sich den Strand nicht mit den Massen teilen. Nicht, wenn man Leonard K. Blake hieß. Der lebte immer erster Klasse.

Der Strand war voller Männer, voller Mädchen und voller Kinder. Ich entschied, dass es höchste Zeit war, dass ich mich zu ihnen gesellte. Der Tag war zu heiß, um im Hotel herumzusitzen, trotz der Klimaanlage. Ich musste ins Wasser, und ich brauchte Sonne. In Philly verwandelt sich selbst wunderbar gebräunte Haut ziemlich schnell in einen bleichen, ungesunden Teint.

Ich zog die Badehose wieder an, hängte den Anzug in den Schrank und verstaute die übrigen Klamotten, die ich mitgebracht hatte, in die Schubladen. Die Koffer von L. K. B. stellte ich in den Schrank. Ich konnte auch noch später nachsehen, was für feine Sachen ich von ihm geerbt hatte. Wenn die Qualität seiner Kleider der des Gepäcks entsprach, dann musste ich mir um meine Kleidung keine Sorgen mehr machen. Hoffentlich hatte er meine Größe.

Ich nahm den Lift für die Badenden, der auf die

Ebene des Strands führte. Dort ließ ich mir von einem Angestellten ein Handtuch geben. Das *Shelburne* besaß einen Privatweg, der vom Hotel unter der Uferpromenade direkt zum Strand führte, eine ausgesprochen bequeme Einrichtung. Ich fand eine menschenleere Stelle im Sand, legte mein Handtuch aus und stürzte mich in die Fluten.

Es war ein guter Tag zum Schwimmen. Ich ließ mich eine Weile von den Wellen umwerfen, dann legte ich mich ins Zeug und schwamm wie ein Wilder gegen sie an. Schließlich gab ich den Wettstreit auf, spielte toter Mann und ließ mich treiben. Aber ich versuchte dabei wach zu bleiben. Ein Onkel von mir hat sich einmal in Jones Beach auf dem Rücken treiben lassen und ist dabei eingeschlafen. Die Küstenwache hat ihn über zwanzig Kilometer vom Strand entfernt aufgefischt. Also blieb ich lieber wach.

Nach einer Weile wurde das mit dem Wachbleiben etwas anstrengend. Ich ging aus dem Wasser und kletterte den Strand hoch wie ein Walross mit bleiernen Armen. Beziehungsweise mit bleiernen Vorderbeinen, oder was für Extremitäten Walrösser auch immer haben mögen. Ich warf mich auf mein Handtuch und streckte mich auf dem Bauch aus.

Und fiel in einen süßen Schlummer.

Ihre Berührung weckte mich. Nicht ihre Stimme, obwohl ich mich viel später daran erinnerte, sie im Schlaf gehört zu haben, so wie man sich an einen läutenden Wecker erinnert, den man nie abgestellt hat.

Aber ihre Hände weckten mich. Weiche Hände an meinem Nacken, Finger, die einen simplen Rhythmus auf meiner Haut trommelten.

Ich wälzte mich zur Seite und öffnete die Augen.

»Sie sollten nicht so schlafen«, sagte sie. »Nicht bei dieser Sonne. Sie holen sich einen bösen Sonnenbrand auf dem Rücken.«

»Danke«, sagte ich.

»Sie brauchen mir nicht zu danken. Ich wollte Sie wecken. Ich war so einsam.«

Ich schaute sie mir an. Ein sehr gut ausgestatteter Frauenkörper in einem einteiligen roten Badeanzug. Der Badeanzug war nass und presste sich an sie wie ein alter Freund. Blondes Haar, das bis an die Wurzeln blond war. Ein roter, feuchter Mund. Er sah verdammt hungrig aus.

Dann blickte ich gewohnheitsmäßig auf ihren linken Ringfinger. Es gab dort eine Druckstelle, aber im Augenblick trug sie den Ring nicht. Ich fragte mich, ob sie ihn abgenommen hatte, ehe sie an den Strand gekommen war, oder erst, als sie mich gesehen hatte.

»Und wo ist Ihr Mann?«

»Fort«, sagte sie, und ihre Augen lachten mich an. »Fort von mir. Nicht hier. Ich bin einsam.«

»Er ist nicht in Atlantic City?«

Sie legte mir einen Finger unters Kinn und sah dabei eine Spur zu gut aus. Das störte mich. Wenn einen die Schönheit einer Frau blendet, leidet die Arbeit darunter. Ein bestimmter Teil der männlichen Anatomie übernimmt dann die Führung, und das kann unangenehme Folgen haben.

»Er ist in Atlantic City«, sagte sie. »Aber er ist nicht *hier*.«

»Wo ist *hier*?«

»Der Strand«, sagte sie. »Da, wo *wir* sind.«

Zusammen mit ungefähr fünfzig anderen Leute. »Wollen Sie schwimmen gehen?«

Sie verzog das Gesicht. »Ich war schon im Wasser«,

sagte sie. »Es ist kalt. Und meine Bademütze ist zu eng. Davon bekomme ich Kopfschmerzen.«

»Dann schwimmen Sie doch ohne.«

»Das mag ich nicht. Ich kann es nicht leiden, wenn mein Haar nass wird. Besonders nicht im Salzwasser. Man muss es so oft waschen, um das Salz wieder herauszubekommen, und das verdirbt das Haar. Ich habe sehr feines Haar. Ich meine, es ist wirklich sehr dünn. Ich mache mir hier nicht selbst Komplimente.«

»Das brauchen Sie nicht«, sagte ich. »Das tun bestimmt genügend andere.«

Damit hatte ich mir wie erwartet ein Lächeln verdient. Mit ein bisschen Erfahrung lernt man diese Sprache. Wer das nicht drauf hat, kommt nicht weit.

»Sie sind süß«, sagte sie. »Sehr süß.«

»Ist Ihr Mann nicht süß?«

»Denken Sie nicht an meinen Mann.«

»Wie kann ich das? Er ist mit dem schönsten Mädchen auf der Welt verheiratet.«

Noch ein Lächeln.

»Also?«

»Er ist nicht süß. Er ist alt und fett und hässlich. Und dumm. Und widerlich.«

Eine ziemlich lange Liste.

»Warum haben Sie ihn dann geheiratet?«

»Er ist reich«, sagte sie. »Sehr reich. Sehr, sehr, sehr reich.«

Wir dachten nicht mehr an ihren Mann. Sie jedenfalls nicht. Ich schon, weil er ein wichtiger Teil der ganzen Geschichte war. Der fette, hässliche, alte Gatte, der außerdem reich war. Die hübsche Frau, die mehr wollte, als ihr alter Mann ihr geben konnte. Es war geradezu eine Standardsituation.

Die Abweichungen vom Klischee waren gering und störten mich nur ein klein wenig. Das Mädchen war zu jung. Nicht zu jung, um einen alten, fetten Bock zu heiraten, dafür spielt das Alter keine Rolle. Aber sie war zu jung, um hinter Männern her zu sein.

Sie war vierundzwanzig – oder fünfundzwanzig, sechsundzwanzig, vielleicht siebenundzwanzig. Es war vollkommen logisch für sie, mit einem alten Bock verheiratet zu sein, und genauso logisch, dass sie mit einem anderen ins Bett wollte.

Aber in ihrem Alter und bei ihrem Aussehen hatte sie es nicht nötig, auf die Jagd zu gehen. Sie musste nicht wirklich die Jungfrau spielen, doch ein wenig Zurückhaltung konnte sie schon an den Tag legen.

Später, wenn die Jahre ihr Werk an ihrem straffen Busen und ihrer glatten Haut vollbracht hatten, würde sie sich etwas mehr anstrengen müssen. Dann musste sie auf die Jagd gehen und für ihr Vergnügen bezahlen. Aber im Augenblick gab es sicher noch genügend Männer, die ihr auch ohne finanzielle oder sonstige Anreize den Hof machten, genügend Männer, die mit ihr ins Bett gehen würden, ohne dafür Bezahlung zu erwarten.

Freilich, wir hatten bisher noch nicht vom Zahlen geredet. Wir waren noch nicht einmal bis zum Sex vorgedrungen.

Wir schwammen.

Jedenfalls waren wir im Wasser. Ihre Bademütze mühte sich redlich, ihr feines blondes Haar vor den Schrecken des Salzwassers zu bewahren. Wir beide waren vollauf damit beschäftigt, uns von den Wellen umwerfen zu lassen. Dann wollte sie natürlich schwimmen lernen, und ich wollte es ihr beibringen.

Ich streckte die Arme aus, und sie legte sich darauf und lernte, sich auf dem Bauch treiben zu lassen. Irgendwie brachte sie es fertig, sich so hinzulegen, dass ihre Brüste meinen einen Arm berührten und ihre Schenkel meinen anderen. Ich spürte selbst in dem kalten Wasser ihre süße animalische Wärme.

»So richtig?«

Ich sagte, sie mache es ausgezeichnet.

»Was muss ich jetzt tun?«

»Bewegen Sie Ihre Arme.«

Sie bewegte mehr als ihre Arme; es war eine Art Kraulstil. Ihre Brüste hüpften dabei auf meinem Arm. Sie schlug leicht mit ihren langen Beinen aus, und ihre Hüften rotierten über dem anderen Arm.

Ich fragte mich, wer hier bei wem Stunden nahm.

So alberten wir noch eine Weile herum. Sie sagte, sie heiße Mona, und ich sagte, mein Name sei Lennie. Sie sah aus wie eine Sexgöttin und hatte dazu auch noch richtig Humor. Ein paarmal vergaß ich direkt, dass sie die Frau eines anderen war, jemand, der mir die nächsten Monate finanzieren würde. Ich stellte mir vor, wir wären einfach zwei nette Menschen, die sich am Strand vergnügten.

Dann erinnerte ich mich wieder daran, wer sie war und wer ich war, und die nette Illusion schwand dahin.

»Lennie ...«

Wir waren wieder am Strand, und ich trocknete ihr den Rücken mit einem großen, gestreiften Handtuch ab.

»Ich muss jetzt auf mein Zimmer zurück, Lennie. Er wartet bestimmt schon auf mich. Es ist schon ziemlich spät.«

Ich wusste genau, wen sie mit *er* meinte.

»Wann kann ich Sie wieder sehen, Mona?«

»Heute Abend.«

»Können Sie denn weg?«

»Natürlich.«

»Wo und wann?«

Sie dachte nach, ganze drei Sekunden lang. »Hier«, sagte sie. »Um Mitternacht.«

»Ist der Strand nachts nicht geschlossen?«

Sie lächelte mich an. »Sie sind doch ein kluger Mann«, sagte sie. »Sie finden bestimmt einen Weg, wie Sie hier alleine auf den Strand kommen. Meinen Sie nicht?«

Das meinte ich schon.

»Mitternacht«, sagte sie. »Hoffentlich scheint heute Nacht der Mond. Ich mag es, wenn der Mond scheint.«

Sie drehte sich um und ging. Ich sah ihr nach. Ihr Gang war atemberaubend, gerade so, dass man nicht sofort an eine Hure dachte, und mit dem Maß an Provokation, das sich eine Frau noch leisten konnte, die nicht als billiges Flittchen gelten will. Ich fragte mich, wie lange sie wohl gebraucht hatte, um diesen Gang einzustudieren. Doch vielleicht war sie auch ein Naturtalent.

Ich ließ mich von der Sonne abtrocknen. Dann ging ich über den heißen Sand zu dem Tunnel unter der Uferpromenade und zum Hoteleingang für Badegäste. Ich warf dem Angestellten mein Handtuch zu und lächelte ihn an. Dann fuhr ich im Lift bis ins oberste Stockwerk und ging zu meinem Zimmer. Den Zimmerschlüssel hatte ich in die Tasche meiner Badehose gesteckt. Ich nahm ihn heraus, feucht wie er war, und schloss auf.

Wieder duschte ich, um das Salzwasser loszuwerden. Diesmal dauerte es etwas länger, denn das Hotel hatte eine nette Einrichtung: Man konnte eine Salzwasserdusche oder eine normale nehmen, je nachdem, wie man sich gerade fühlte. Beim ersten Mal passte ich nicht auf. Es war recht angenehm, aber ich blieb natürlich so salzig wie zuvor. Dann kam ich hinter die Kniffe des Systems und duschte mit normalem Wasser.

Als ich endlich aus der Dusche stieg, war es Zeit zum Abendessen. Die Vorstellung, denselben Anzug tragen zu müssen, den ich schon im Zug angehabt hatte, sagte mir nicht besonders zu, also beschloss ich, mir die Spende von Mr. L. K. B. etwas näher anzusehen. Wenn ich Glück hatte, passten mir seine Anzüge. Und wenn ich noch mehr Glück hatte, dann hatte er etwas Bargeld in die Koffer gepackt. Manche Leute tun das, auch wenn Sie es nicht glauben wollen.

Die Koffer waren abgeschlossen. Aber mit Kofferschlössern ist es genauso wie mit Schrankschlössern: Sie sind alle gleich. Ich fand einen Schlüssel, der in das Schloss des kleinen Koffers passte, und sperrte auf.

Wer auch immer dieser L. K. B. war, er hatte die falsche Größe. Seine Hosen waren zu kurz und um die Taille zu weit. Ich versank in seiner Unterwäsche. Aber Gott sei Dank hatten wenigstens seine Füße die richtige Größe. In dem kleinen Koffer befanden sich zwei Paar teure Schuhe, die mir passten. Ich entdeckte zehn Paar Socken, aber ich machte mir gar nicht erst die Mühe, sie alle anzuprobieren; wenn die Schuhe passten, passten auch die Socken. Es sei denn, der Bursche hatte wirklich ungewöhnliche Füße.

Soweit der kleinere Koffer. Ich stopfte das Zeug in meine Schubladen und stellte ihn in den Schrank zurück. Dann nahm ich mir den großen Koffer vor, legte ihn auf das Bett und öffnete ihn mit dem Schlüssel.

Die Jacketts hängte ich ohne einen weiteren Blick in den Schrank. Ich war ziemlich sicher, dass sie mir ohnehin nicht passten. Außerdem wollte ich dem Burschen auf keinen Fall begegnen, wenn ich seine Jacke anhatte. Schuhe und Socken würden ihm, wer immer er auch war, nicht auffallen. Sein Anzug schon eher.

Mit den Hemden hatte ich wieder Glück. Wir waren verschieden gebaut, aber seine Arme waren genauso lang wie meine, und er hatte dieselbe Kragenweite. Seine Hemden passten, und er hatte eine Menge Hemden eingepackt. Ich legte sie in die Schubladen.

Im Koffer war noch der übliche Kram, Krawattennadeln, Manschettenknöpfe, Kragenklammern und verschiedene Kleinigkeiten. Ich sah mir alles an und legte es dann weg. Seine Kleider waren aus New York, und ich fragte mich, ob er auch von dort stammte oder sich nur dort eingekleidet hatte.

Und dann fand ich die Kassette.

Zuerst dachte ich an Geld. Die kleine Holzkassette war aus Teak oder Mahagoni, und sie hatte etwa die Größe einer Dollarnote. Ich holte tief Luft und betete, dass ein Bündel Hunderter in der Schachtel sein möge. Vielleicht war der Scheißkerl ein Arzt, der Rezepte an der Steuer vorbei nur gegen Bares ausschrieb. Es gab Hunderte von möglichen Erklärungen, warum jemand Bargeld auf Reisen mit sich herumtrug.

Die Kassette machte mir Mühe. Sie war verschlossen, und keiner meiner Schlüssel passte. Nach einer Weile gab ich es auf und stellte sie auf die Kommode. Auf der Rückseite hatte die Kassette Scharniere. Ich besaß eine winzige Feile, die exakt zwischen das Holz und das Scharnier passte.

Als ich die Kassette fast offen hatte, hielt ich inne und steckte mir eine Zigarette an. Ich spielte ein kleines Spiel mit mir selbst. Die Kassette war ein Geschenk, und ich musste erraten, worin das Geschenk bestand. Geld? Pfeifentabak? Kunstdünger?

Es konnte alles Mögliche sein.

Ich nahm den Deckel ab. Oben lag ein Stück Seidenpapier, das ich sofort entfernte.

Unter dem Papier war nichts als weißes Pulver.

Ich war komplett am Boden zerstört. Es gibt kaum etwas Aufregenderes als eine verschlossene Kassette. In meinen Gedanken hatte der Inhalt schon die Ausmaße eines Vermögens angenommen. Und jetzt stellte sich die Kassette des alten L. K. B. als eine solche Enttäuschung heraus. Pulver!

Vielleicht lag etwas unter dem Pulver. Ich wollte es schon wegblasen, doch da klingelte es plötzlich irgendwo in meinem Kopf, und ich überlegte es mir anders.

Ich starrte das Pulver an.

Es starrte zurück.

Ich brachte es fertig, meine Zigarette zu Ende zu rauchen, und drückte sie in dem Aschenbecher aus, den das Management des *Shelburne*-Hotels freundlicherweise bereitgestellt hatte. Dann wandte ich mich wieder der Kassette zu. Ich befeuchtete einen Finger mit der Zunge und tauchte ihn vorsichtig in die pulvrige Substanz.

Ich leckte den Finger ab.

Es war absolut erstaunlich. Ich blinzelte ein paarmal hektisch, leckte den Finger noch einmal ab und tauchte ihn noch einmal in die Kassette.

Ich leckte erneut.

Der Geschmack war unverkennbar, wie immer, selbst nach all den Jahren. Doch wenn man für einen Drogenring arbeitet, will man alles über das Business erfahren, was es zu erfahren gibt. Und zuallererst macht man sich mit dem Produkt vertraut. Auch wenn der Kontakt nur über Mittelsmänner läuft, auch wenn man nur kurz dabei ist, dieses Wissen zumindest eignet man sich an. Ich hatte das Spiel nicht mal zwei Monate mitgemacht, als unbedeutender Drogenkurier. Aber ich wusste, was hier auf meiner Kommode stand.

Ich war im Besitz von etwa knapp einem Kilo reinem Heroin.

2

Ein paar Minuten stand ich da und kam mir vor wie ein Idiot. Ich hatte an der Bahnstation mehr als eine Garderobe mitgehen lassen, ich hatte ein Vermögen gestohlen. Was mochte das Heroin wert sein? Ich hatte keine Ahnung. Hundert Riesen, eine Viertelmillion, vielleicht mehr, vielleicht weniger. Ich wusste es nicht, und ich wollte auch nicht darüber nachdenken.

Ich konnte das Zeug nicht behalten. Ich konnte es auch nicht verkaufen oder zurückgeben. Wenn L. K. B. mich je damit fand, würde er mich umbringen, das war so sicher wie das Amen in der Kirche. Wenn die Bullen das Zeug bei mir entdeckten, würden sie mich einsperren und den Schlüssel mitten im Chinesischen Meer versenken.

Ich konnte es wegwerfen. Aber haben Sie jemals versucht, hundert Riesen oder eine Viertelmillion wegzuwerfen?

Ich legte den Deckel auf die Kassette und suchte nach einer Lösung, was ich tun sollte. Verstecken konnte ich das Zeug nicht. Wer so große Mengen Heroin mit sich herumträgt, ist kein Anfänger. Wenn solche Typen ein Zimmer durchsuchen, finden sie, was sie haben wollen. Wenn L. K. B. und seine Kumpane herausfanden, dass ich der Dieb war, dann war das Heroin in meinem Zimmer nicht mehr sicher. Und ich musste das Zeug behalten. Vielleicht war es mein Ass, die einzige Trumpfkarte, die mein Leben retten konnte, falls sie mich entdeckten. Ich konnte ein Geschäft damit machen.

Aber für den Augenblick brauchte ich ein Versteck. Die üblichen Orte verwarf ich gleich, diese offensichtlichen Stellen, wo echte Profis immer zuerst nachsehen: der Wasserkasten hinter der Toilette, das Bett, der Fenstersims außen. Ich schob die Kassette unter die Kommode und versuchte, nicht mehr an sie zu denken.

Dann zog ich mich schnell an und verließ das Hotel. Zwei Straßen entfernt von der Uferpromenade auf der Atlantic Avenue in der Nähe der Tennessee Street fand ich den Laden, nach dem ich Ausschau gehalten hatte. Ich ging hinein und erstand für etwas über zwanzig Dollar einen guten Aktenkoffer. Er war sehr gut verarbeitet. Ich hatte nicht gewusst, dass man diese Qualität auch außerhalb der Madison Avenue bekam.

Ich trug den Koffer ins Hotel zurück, kaufte mir am Zeitungsstand in der Halle ein paar lokale Zeitungen und ging in mein Zimmer. Die kleine Kassette mit den aufgefeilten Scharnieren stand immer noch unter der Kommode. Ich holte sie hervor, schlug sie fest in das Zeitungspapier ein, sodass sie nicht aufgehen konnte, und legte sie in den Aktenkoffer. Dann zerknüllte ich das restliche Papier und stopfte es rundherum, damit nichts klapperte. Ich verbrauchte alle Zeitungen, klappte den Koffer zu und schloss ihn ab. Ich nahm mir vor, den Schlüssel wegzuwerfen. Im richtigen Augenblick konnte ich den Koffer immer noch aufbrechen. Aber den Schlüssel wollte ich nicht bei mir haben.

Zum Test hob ich den Koffer ein paarmal hoch. Er war nicht zu schwer und nicht zu leicht. Alles Mögliche konnte darin sein.

Dann ging ich wieder in die Halle hinunter und trug den Koffer an die Rezeption. Der Mann dahinter wartete geduldig, während ich den Koffer hochhob und ihn auf die Theke legte.

»Ob Sie mir wohl einen Gefallen tun könnten?«, fragte ich. »Ich habe hier ein paar wichtige Verkaufsmuster für meine Präsentation. Außer mir kann niemand etwas damit anfangen, aber am Ende stiehlt mir noch jemand den Koffer, ohne zu wissen, was drin ist. Die Firma würde toben. Könnten Sie den Koffer wohl für mich in den Safe stellen?«

Das konnte er natürlich und tat es auch. Er wollte mir eine Quittung ausstellen, aber ich schüttelte den Kopf.

»Die verlier ich doch bloß«, sagte ich. »Ich vertraue Ihnen, keine Sorge. Den Koffer hole ich wieder ab, wenn ich auschecke.«

Ich gab ihm einen Dollar und verließ den Mann mit einem Safe voll Heroin.

Ich hatte Zeit und musste über einiges nachdenken. Ich verließ das Hotel und ging auf der Uferpromenade spazieren. Es war noch schlimmer als vor drei Jahren. An jeder Ecke standen Hotdog- und Saftwagen, überall waren billige Spielhöllen, Bingohallen, Schaustellerbuden und glitzernde Souvenirshops. Auch Sex war zu haben. Die echten Prostituierten hielten sich in den Bars in den Seitenstraßen auf, aber die Amateurkonkurrenz trat einem alle paar Meter auf die Zehen.

Junge Mädchen, die zu zweien, dreien und vieren auf der Promenade auf und ab gingen. Falsche Blondinen, Fünfzehn-, Sechzehn-, Siebzehnjährige mit durchsichtigen Blusen und knallengen Jeans, das Make-up zu dick und der Hüftschwung zu ausgefeilt. Victory Girls, die noch nicht kapiert hatten, dass der Krieg seit über fünfzehn Jahren vorbei war.

Die Jungs waren da, weil die Mädchen da waren. Sie spielten ein Spiel, das so alt ist wie die Menschheit. Die Jungs wollten eine rumkriegen. Die Mädchen wollten sich rumkriegen lassen, doch es sollte nicht so aussehen, als seien sie leicht zu haben, ein hoffnungsloses Unterfangen, denn sie sahen immer wie Flittchen aus. Die Jungs stellten sich ungeschickt an und die Mädchen noch ungeschickter. Aber irgendwie kamen sie doch immer zusammen, fanden irgendwo einen Ort, an dem sie herumknutschen und ungeschickten Sex haben konnten. Die Mädchen wurden schwanger, und die Jungen holten sich einen Tripper.

Auf einer Hotelterrasse mit Blick auf den Strand standen Drinks in hohen Gläsern auf Tischen, über denen Sonnenschirme schwebten. Ich setzte mich in den Schatten eines Schirms an einen leeren Tisch, bis ein Kellner mich fand, meine Bestellung aufnahm und kurz darauf mit einem großen, kühlen Wodka Collins zurückkam. Es gab einen farbigen Strohhalm dazu, und ich schlürfte den Drink wie ein Kind seine Limonade. Ich steckte mir eine Zigarette an und lehnte mich im Stuhl zurück. Im Kopf legte ich alle Fakten nebeneinander und versuchte, eine Lösung zu finden.

Wenn ich irgendwelche Beziehungen zum Rauschgifthandel gehabt hätte, wäre es leichter. Vor einer Weile hatte ich ein paar Aufträge für einen Mann namens Marcus erledigt. Reine Botengänge: Holen

Sie das ab, schaffen Sie es dorthin und geben Sie es dem und dem. Ich hatte Marcus seit Jahren nicht mehr gesehen und wusste nicht, wo er steckte. Wahrscheinlich erinnerte er sich gar nicht mehr an mich.

Also war es unmöglich, das Zeug zu verkaufen.

Meine andere Verbindung war L. K. B. Ich kannte ihn nicht, doch ich hatte so eine Ahnung, dass ich ihn mit Leichtigkeit ausfindig machen konnte. Er war am gleichen Tage wie ich angekommen und hatte wahrscheinlich bereits ein Zimmer in einem Hotel bezogen. Ich musste nur die Ankunftslisten der sechs besten Hotels der Stadt durchsehen. Irgendein Gast hatte sicherlich seine Initialen, und das war mein Mann. Ich konnte mit ihm Verbindung aufnehmen – aus der Ferne natürlich –, ihm einen Handel vorschlagen und ihm sein eigenes Zeug zurückverkaufen.

Vielleicht klappte es. Vielleicht kostete es mich aber auch den Kopf. Im besten Fall fielen ein paar Tausender für mich ab, ein Bruchteil dessen, was das Zeug eigentlich wert war. Und den Rest meines Lebens konnte ich darauf warten, dass mir jemand ein Messer in den Rücken stieß.

Das gefiel mir gar nicht.

Ich nahm einen Schluck von meinem Drink. Ein Mann mit einem Mädchen am Arm schlenderte vorbei. Zwei alte Damen in Rollstühlen wurden von einem gelangweilten Angestellten vorbeigeschoben. Eine Gruppe der leichten Mädchen kam vorbei, sie starrten mich kurz an, entschieden, dass ich zu alt war, und zogen mit wippenden Hüften weiter.

Ich beschloss, gar nichts zu unternehmen. Im Augenblick konnte mir nichts passieren. So, wie die Dinge standen, konnte es schlimmstenfalls dazu kommen, dass ich aus dem Hotel abhauen und die Kassette mit Heroin zurücklassen musste. Wenn alles klappte, würde ich mit der Kassette verschwinden und sie ein paar Jahre aufbewahren, bis die Sache in Vergessenheit geraten war. Bis dahin hatte ich sicher einen Weg gefunden, um den Inhalt zu verkaufen, in kleinen Rationen natürlich, um nicht aufzufallen.

In der Zwischenzeit gab es Mona. Ich dachte über sie nach. Um Mitternacht würde sie am Strand auf mich warten. Bei dem Gedanken an sie vergaß ich fast das Heroin.

Ich warf einen Dollar für den Drink auf den Tisch und noch etwas Kleingeld für den Kellner und ging. Zwei Straßen weiter entdeckte ich ein gutes Restaurant, wo man mir ein ausgezeichnetes, blutiges Steak und rabenschwarzen Kaffee servierte. Danach ging ich ins Kino.

Der Film war lausig; ein historisches Epos mit dem Titel *Trommeln hinter den Bergen*. Hübsche Mädchen und blitzende Degen, alles in Technicolor-Cinemascope, Menschen, die sich auf spektakulär heroische Weise umlegen ließen. Den größten Teil des Films verschlief ich. Kurz nach zehn verließ ich das Kino und ging zurück zum Hotel.

Hinter dem Hotel entdeckte ich den Tunnel, der zum Strand führte und lief unter der Promenade hindurch. Eine Landungsbrücke führte von der Uferpromenade bis ins Meer, und ich hielt mich in ihrem Schatten auf, damit mich niemand vom Hotel aus sehen und mich darauf hinweisen konnte, dass ich eigentlich gar nicht am Strand sein dürfte. Es war ohnehin eine dumme Vorschrift. Aber Atlantic City war so eine Stadt, nur dass hier diese Vorschriften mit der Stoppuhr in der Hand eingehalten wurden. Der Strand wurde abends geschlossen, die Swimmingpools in den Hotels machten ebenfalls dicht. Die Welt wurde nachts zusammengeklappt und verschwand. Wer unter Schlaflosigkeit litt, wurde verrückt in Atlantic City. Selbst die Fernsehshows waren um ein Uhr zu Ende.

Der Strand war leer. Ich ging bis zum Wasser und sah den Wellen zu. Das Meer hat dieselbe hypnotische Kraft wie Flammen in einem Kamin. Ich weiß nicht, wie lange ich dort gestanden und den Wellen zugesehen hatte, ohne einen Muskel zu bewegen oder an etwas zu denken. Ich erinnere mich, dass der Wind kalt war, aber das machte mir nichts aus.

Schließlich gab ich mein Spiel auf, entfernte mich ein paar Schritte vom Wasser, zog mein Jackett aus und machte mir ein Kissen daraus. Es war noch früh. Sie kam erst gegen Mitternacht. Wenn sie überhaupt kam. Ich fragte mich, ob ich wohl umsonst auf sie wartete.

Ich streckte mich im Sand aus und legte den Kopf auf das Jackett. Dann schloss ich die Augen und entspannte mich, schlief aber nicht ein. Ich döste nur ein wenig vor mich hin.

Ich war mit den Gedanken bei etwas anderem, deshalb hörte ich sie kaum. Doch als ich die leisen Schritte im Sand vernahm, wusste ich, dass sie es sein musste. Ich lag reglos da und lauschte, wie sie näher kam.

»Sie schlafen auch immer«, sagte sie. »Schlafen die ganze Zeit. Und jetzt machen Sie sich auch noch Ihren Anzug schmutzig. Besonders klug ist das nicht von Ihnen.«

Ich schlug die Augen auf. Sie trug ein einfaches rotes Kleid und war barfuss. Das Mondlicht fiel auf ihren Körper, und der Anblick raubte mir fast den Atem.

»Wir können uns darauf legen. Sie können sich meinetwegen den Anzug verderben, aber ich mag es nicht, wenn mein Kleid voller Sand ist.«

Jetzt erst bemerkte ich, dass sie eine Decke dabei hatte. Ich grinste.

»Wollen Sie nicht aufstehen?«

Ich stand auf und sah sie an. Sie wollte etwas sagen, ließ es aber bleiben. Ihr Mund war leicht geöffnet. Auch ich brachte keinen Ton heraus. Es lag eine eigenartige Spannung in der Luft, etwas, das wir beide nicht hätten beschreiben können. Wir konnten uns jetzt nicht über Belanglosigkeiten unterhalten. Ich wusste es, und sie wusste es ebenfalls.

Ich trat einen Schritt auf sie zu. Sie hielt mir die Decke hin. Ich nahm zwei Enden und trat etwas zurück. Wir breiteten die Decke auf dem Sand aus, richteten uns auf und sahen einander wieder an. Die elektrische Spannung war immer noch da.

Ich wollte etwas sagen, aber ich konnte nicht. Ich weiß, dass es ihr ebenso erging. Es war, als stünde eine Wand zwischen uns, die nur Berührungen, aber keine Worte durchdringen konnte. Zuerst mussten wir die Wand niederreißen. Dann war immer noch genügend Zeit zum Reden.

Ich zog mein Hemd aus der Hose. Ich knöpfte es auf, streifte es ab und ließ es in den Sand fallen. Ich wandte mich zu ihr, und sie kam näher, streckte die Hand aus und berührte meinen nackten Oberkörper.

Dann drehte sie sich um und bat mich, den Haken des Kleids zu öffnen.

Der Haken am Halsausschnitt ihres Kleides machte mir Mühe. Meine Finger funktionierten nicht richtig. Schließlich schaffte ich es. Ich zog den Reißverschluss ganz auf bis zu ihren Hüften, berührte dabei aber ihre Haut nicht.

Sie machte eine kleine Bewegung, und das Kleid fiel von ihren Schultern.

»Den BH, Lennie.«

Ich nahm ihr den BH ab. Er war schwarz. Ich erinnere mich, wie mich der Kontrast zwischen dem schwarzen BH und der bleichen Haut erregte. Dann drehte ich mich um und zog den Rest meiner Kleider aus.

Als ich mich ihr wieder zuwandte, waren wir beide nackt. Ich sah sie von oben bis unten an. Bei ihrem Gesicht fing ich an und ließ meine Augen herunterwandern über ihre Brüste, die Taille, die Hüften, bis zu ihren nackten Füßen. Dann wanderten meine Augen langsam wieder empor, suchten ihren Blick.

Keine Worte.

Wir gingen aufeinander zu, bis unsere Körper sich berührten. Ich schloss sie in die Arme und presste ihren süßen Leib an mich. Die lächerlichen Stimmen von tausend Menschen schwebten von der Promenade zu uns herüber wie Worte aus einem sinnlosen Traum. Die Wellen hinter uns brachen sich am Strand.

Sie küsste mich.

Dann sanken wir gemeinsam auf die Decke und vergaßen die Welt.

Ich lag auf der Seite und blickte über den Strand auf das Meer hinaus. Es war fast Vollmond, das Licht glitzerte auf dem Wasser. Neben mir lag ihr Slip, ein Hauch aus schwarzer Seide im Sand. Ich beobachtete die Wellen und lauschte ihrem Atem.

Ich fühlte mich sehr seltsam, gleichzeitig ungeheuer schwach und wahnsinnig stark. Ich erinnerte mich, warum ich ursprünglich nach Atlantic City gekommen war, und mir fiel ein, was ich all die vielen Jahre lang getrieben hatte. Alles kam mir dumm und kindisch vor. Zusammenhanglos kam mir Mrs. Ida Lister in den Sinn. Auch mit ihr hatte ich in Atlantic City geschlafen. Nicht am Strand, sondern in einem luxuriösen, voll klimatisierten Hotelzimmer. Nicht weil ich es wollte, sondern weil sie die Rechnungen bezahlte.

Es war alles so dumm gewesen. Nicht falsch, nicht unmoralisch. Nur dumm. All die Jahre, in denen ich vor Hotelrechnungen davongelaufen war, immer am Rande der Legalität, immer auf der Suche nach der einen ganz großen Chance, die alles ändern würde.

Irgendwie hatte ich sie jetzt bekommen, diese Chance. Zum ersten Mal konnte ich klar sehen. Die Dinge lagen jetzt vollkommen anders.

»Lennie ...«

»Ich weiß«, sagte ich.

»Es war ...«

»Ich weiß, Mona. Für mich auch.«

Ich drehte mich um, schaute sie an. Ihr Körper war nicht derselbe. Vorher war er etwas gewesen, das ich begehrte, etwas, das ich in seine Bestandteile zerlegte – in Brüste, Hüften, Schenkel, Bauch und Po, etwas, das ich abschätzen und bewerten konnte. Jetzt war es *ihr* Körper. Der Körper eines Menschen, mit dem ich geschlafen hatte. Dieser Körper war sie.

»Ich kann nicht mehr lange bleiben.«

»Warum nicht?«

»Keith. Er wird sich fragen, wo ich bin. Nicht, dass es ihn wirklich interessiert, aber er will es sicher wissen.« Ihre Stimme klang sehr bitter.

»So heißt er? Keith?«

Sie nickte.

»Wie lange seid ihr schon verheiratet?«

»Fast zwei Jahre. Ich bin fünfundzwanzig. Im September sind es zwei Jahre, seit wir geheiratet haben. Damals war ich dreiundzwanzig.«

Sie klang, als wäre ihr gerade klar geworden, dass sie nie mehr dreiundzwanzig sein würde.

»Warum hast du ihn geheiratet?«

Ihr Lächeln war alles andere als glücklich. »Geld«, sagte sie. »Und aus Langeweile. Und weil man mit dreiundzwanzig nicht mehr achtzehn ist. Und aus all den anderen Gründen. Warum heiraten hübsche Mädchen reiche, alte Männer? Du weißt die Antwort ebenso wie ich.«

Ich fand eine Packung Zigaretten in der Jackentasche. Sie waren zerdrückt. Ich zog eine heraus, bog sie gerade und bot sie ihr an. Sie schüttelte den Kopf. So steckte ich sie mir an und rauchte eine Weile schweigend.

»Und jetzt gehst du zu ihm zurück?«

»Das muss ich.«

»Und was dann?«

»Ich weiß es nicht.«

»Dann werden wir uns jetzt also ein, zwei Wochen lang hier am Strand treffen, immer um Mitternacht«, sagte ich. »Und jede Nacht gehst du zu ihm zurück. Dann reist ihr beide ab, und du vergisst mich.«

Sie erwiderte nichts.

»Wird es so sein?«

»Ich weiß nicht.«

Ich zog an der Zigarette. Sie schmeckte mir nicht, und ich vergrub sie im Sand.

»So etwas ist mir noch nie zuvor passiert, Lennie.«

»So etwas?«

»Wir.«

»Also lassen wir es dabei bewenden.«

»Ich weiß nicht, Lennie. Ich weiß überhaupt nichts

mehr. Früher hab ich alle Antworten gewusst. Und jetzt hat jemand ganz andere Fragen gestellt.«

Ich verstand genau, was sie damit meinte.

Ihre Stimme klang jetzt wie aus weiter Ferne. »Wir haben ein Haus in Cheshire Point«, sagte sie. »Es steht auf einem zwei Hektar großen Grundstück mit alten Bäumen, es ist voller wertvoller Möbel. Meine Kleider kosten Geld. Ich besitze einen Zobelmantel, einen Hermelinmantel und eine Chinchillastola. Mit Nerz gebe ich mich erst gar nicht ab. Nur damit du eine Vorstellung davon bekommst, wie reich Keith ist.«

»Wie hat er es verdient?«

Sie hob die Schultern. »Er ist ein Geschäftsmann. Sein Büro ist in der Chambers Street. Ich weiß nicht, womit er handelt. Er geht ein paar Mal in der Woche ins Büro. Er spricht nie von seinen Geschäften, Geschäftspost kommt nicht nach Cheshire Point und er bringt sich auch nie Arbeit mit nach Hause. Er sagt, er kauft Dinge ein und verkauft sie wieder. Mehr erzählt er darüber nicht.«

»Und was tut ihr beide, wenn ihr zusammen Spaß haben wollt?«

»Ich … ich weiß nicht.«

»Habt ihr viele Freunde? Menschen, die euch wichtig sind? Feiert ihr Partys? Bridgepartien am Samstagabend? Grillfeste mit Steaks im Garten?«

»Hör auf damit, Lennie!«

»Gehst du mit ihm zurück nach Cheshire Point? Teilst das Bett mit ihm, bekommst Kinder von ihm und gibst sein Geld aus? Wirst du …«

»Hör auf!«

Ich hörte auf. Ich wollte nach ihr greifen, sie in meine Arme nehmen und ihr sagen, dass alles gut werden würde. Aber ich glaubte es selbst nicht.

»Jetzt hätte ich gerne eine von deinen Zigaretten, Lennie.«

Ich holte zwei heraus, strich sie gerade und gab ihr eine. Die andere behielt ich selbst. Dann zündete ich ein Streichholz an und hielt es in der hohlen Hand. Sie kam näher, damit ich ihr Feuer geben konnte. Ich blickte auf ihren Kopf hinab und dachte, wie schön sie doch war. Ich beneidete Keith, dann wurde mir klar, dass er sicher mich beneidete. So ist es immer.

»Es hat wahrscheinlich nichts zu bedeuten«, sagte sie. Sie sprach mit sich selbst, nicht mit mir. »Nur eine einmalige Sache. Es ist geschehen, weil wir beide bereit dafür waren, und es war wirklich gut. Aber es hat nichts zu bedeuten. Ich werde dich vergessen und du mich. In einer Woche erinnern wir uns schon nicht mehr. Es hat nichts zu bedeuten.«

»Glaubst du das wirklich?«

Für einen Moment schwieg sie, dann sagte sie bitter: »Nein, natürlich nicht. Nein, das glaube ich nicht.«

»Würdest du ihn verlassen?«

Sie lächelte. »Ihn würde ich sofort verlassen. Aber du meinst etwas anderes. Du willst wissen, ob ich sein Geld verlassen würde.«

Ich sagte gar nichts.

»Hast du Geld, Lennie?«

»Fünfzig Dollar, vielleicht hundert.«

Sie lachte. »So viel gibt er für seine Huren aus.«

»Wofür braucht er denn eine Hure? Er hat doch dich.«

Mir wurde erst klar, was ich eigentlich sagte, als ich meine Worte hörte. Ihr Gesicht fiel in sich zusammen. »Wahrscheinlich hast du recht«, sagte sie leise. »Er braucht keine Hure. Er hat eine geheiratet.«

»So hab ich es nicht gemeint. Ich …«

»Aber es stimmt doch.« Sie holte tief Luft, drückte dann die Zigarette im Sand aus und richtete sich auf. »Ich kann ihn nicht verlassen, Lennie. Ich habe all das Geld, und das kann ich nicht mehr aufgeben. Das würde nicht klappen.«

Ich sagte immer noch nichts.

»Zwei Jahre«, sagte sie. »Warum habe ich dich nicht vor zwei Jahren kennengelernt? Warum?«

»Wäre es denn damals anders gewesen?«

»Sehr anders«, sagte sie. »Geld ist etwas Komisches, nicht wahr? Ich bin nicht so geboren worden, Lennie. Ich hätte ohne Geld leben können. Die meisten Leute schaffen das. Wenn ich dich kennengelernt hätte, ehe ich Keith traf ...«

»Und wenn diese Decke Flügel hätte, könnten wir fliegen.«

»Oder wenn sie ein fliegender Teppich wäre«, sagte sie. »Aber begreifst du nicht, was ich sagen will? Jetzt hab ich mich ans Geld gewöhnt. Ich weiß, wie es ist, wenn man welches hat. Ich weiß, wie es ist, wenn man alles tun und kaufen kann, was man will. Ich könnte nicht wieder so leben wie früher.«

»Wie war es denn früher?«

»Es war nicht schlimm«, sagte sie. »Ich war nicht arm. Wir sind nicht verhungert. Wir hatten ein eigenes Haus und mussten uns nie Sorgen machen, ob wir genug zu essen bekommen. Aber wir hatten nie Geld übrig. Du weißt doch, was ich meine.«

Natürlich wusste ich es. Und ich fragte mich, ob ich sie wirklich überzeugen wollte, alles aufzugeben und mich zu heiraten? Damit wir Hand in Hand verhungern konnten? Um in einem Reihenhaus irgendwo in Yahooville Kinder aufzuziehen? Ich sah mich Sandwiches mit zur Arbeit nehmen, damit ich bei der Bank, bei der Finanzierungsgesellschaft und bei tausend anderen Leuten meine Schulden abstottern konnte. Wofür? Für ein Mädchen, das nicht einmal meinen richtigen Namen kannte?

Aber ich hörte mich sagen: »Es könnte klappen. Wir könnten es schaffen, Mona.«

Sie sah mich an, und ihre Augen glänzten. Sie wollte etwas sagen, tat es aber dann nicht. Ich fragte mich, was sie mir hatte sagen wollen.

Stattdessen stand sie auf und begann, sich anzuziehen. Ich sah ihr dabei zu.

»Ich lass die Decke hier«, sagte sie. »Das Hotel wird sie nicht vermissen. Es würde doch komisch aussehen, wenn ich mit einer Decke ins Hotel komme.« Jetzt sah sie mich an. »Ich muss los«, sagte sie. »Ich muss wirklich los.«

»Sehen wir uns wieder?«

»Willst du mich denn wieder sehen?«

Das wollte ich.

»Ich ... ich melde mich bei dir. Irgendwie. Aber jetzt muss ich los.«

»Zu Keith.«

»Zu Keith«, wiederholte sie. »Zurück zu meiner Rolle als seine Frau. Mrs. L. Keith Brassard.«

Ich hörte sie kaum. Ich schaute ihr nach, als sie an der Landungsbrücke entlang den Strand hoch schritt. Bewunderte wieder diesen perfekten Gang, halb Hure, halb Dame. Ich folgte ihr mit den Augen und dachte über sie und über mich nach. Ich fragte mich, was mit uns beiden geschehen war und welche Konsequenzen diese Nacht am Strand für uns haben würde.

Sie hatte schon beinahe die Uferpromenade erreicht, als mir ihre letzten Worte wieder einfielen. Ich drehte fast durch, als mir klar wurde, wer ihr Mann war.

L. Keith Brassard.

3

Ich faltete die Decke akkurat zusammen, bis sie ein kleines Kissen von der Größe fünfzig mal fünfzig Zentimeter war. Dann setzte ich mich darauf und blickte aufs Meer hinaus. Ich wollte ins Wasser hinausrennen und wie ein Verrückter schwimmen, bis ich irgendwo ankam, wo nicht mehr Atlantic City war.

Er ist ein Geschäftsmann. Sein Büro ist in der Chambers Street. Ich weiß nicht, womit er handelt.

Inzwischen war sie sicher wieder im Hotel, nahm den Lift hoch zu ihrem Zimmer. Ich fragte mich, wo ihr Zimmer wohl liegen möge. Vielleicht war sie sogar im selben Stockwerk wie ich untergebracht.

Er geht ein paar Mal in der Woche ins Büro. Er spricht nie von seinen Geschäften, Geschäftspost kommt nicht nach Cheshire Point, und er bringt sich auch nie Arbeit mit nach Hause. Er sagt, er kauft Dinge ein und verkauft sie wieder. Mehr erzählt er darüber nicht.

Ich fragte mich, ob er ihr von den verschwundenen Koffern erzählt hatte. Von dem Heroin wusste sie nichts, das war offensichtlich. Dass man ihm die Koffer gestohlen hatte, hatte für sie keine weitere Bedeutung. Ein Mann, der ihr einen Zobelmantel, einen Hermelinmantel und eine Chinchillastola geschenkt hatte, konnte zweifellos den Inhalt zweier Koffer verschmerzen, ohne dadurch in finanzielle Schwierigkeiten zu geraten. Ein Mann, der im Luxus von Cheshire Point lebte, konnte es sich leisten, sich ein paar zusätzliche Anzüge und eine neue Garnitur Unterwäsche zu kaufen.

Ich dachte über ihn nach, über sie und über mich. Wir waren alle etwas Besonderes. L. Keith Brassard, ein Import-Export-Händler, der einen neuen Dreh gefunden hatte. Ein bedeutender Mann im Rauschgifthandel mit einer hübschen Frau an seiner Seite für die perfekte Fassade. Mona Brassard. Meine Kehle wurde trocken und meine Handflächen feucht – ihr Liebreiz ergriff mich, sodass ich für einen Moment keine Luft bekam. Sie wollte mich, und sie wollte Geld. Ich hatte keine Ahnung, wie zum Teufel sie uns beide haben konnte.

Und Joe Marlin. So hatte ich geheißen, bevor ich meinen Name in David Gavilan änderte, um dann zu Leonard K. Blake zu wechseln. Und vor vielen anderen Namen. Haben Namen etwas zu besagen? Bisher hatten sie mir nichts bedeutet.

Aber aus irgendeinem verdammten Grund wollte ich, dass sie mich Joe nannte.

Wir waren schon tolle Hechte, Dave und Lennie und ich. Wir hatten das weiße Pulver und die schöne Frau. Von niemandem abhängig, keine Verpflichtungen. Wir hatten alles, nur keine Zukunft.

Ich rauchte eine Zigarette, bis sie mir auf den Lippen brannte, und warf den Stummel ins Meer. Dann versteckte ich die Hoteldecke unter dem Landungssteg und ging zurück.

In meinem Zimmer griff ich zum Telefon und bestellte beim Zimmerservice eine Flasche Jack Daniels, einen Eimer mit Eiswürfeln und ein Glas. In einem Sessel wartete ich, dass etwas passierte. Die Klimaanlage lief auf Hochtouren, und das Zimmer war auf dem besten Weg, sich in einen Eisschrank zu verwandeln.

Es klopfte an der Tür. Der Page, ein drahtiger Bursche mit wieselflinken Augen, stellte die Flasche Bourbon und den Eiskübel auf die Kommode und überreichte mir die Rechnung. Ich zeichnete sie ab und gab ihm einen Dollar.

Wenn man von seinen Augen absah, wirkte er wie ein Student, der in den Sommerferien jobbt. Aber seine Augen wussten zu viel.

»Danke«, sagte er. Und dann: »Ich kann Ihnen besorgen, was Sie wollen. Fragen Sie nach Ralph.«

Er ging, und ich beschäftigte mich mit meinem Jack Daniels.

Ich warf zwei Eiswürfel in ein Glas und goss drei Fingerbreit Bourbon darüber. Während das Eis den Whiskey kühlte, lehnte ich mich im Sessel zurück und dachte nach. Dann nahm ich meinen Drink. Er war weich wie Seide. Auf dem Etikett der Flasche stand, dass sie ihn durch Holzkohle oder so etwas filterten. Was auch immer sie mit dem Bourbon anstellten, es funktionierte.

Ich trank ein zweites Glas und rauchte. Der Whiskey lockerte mich auf, bis mein Verstand wieder zu arbeiten begann, nach Antworten suchte und dabei neue Fragen fand.

Ich sollte packen, aus dem Hotel auschecken, sie vergessen. Aber ich wusste genau, wenn ich jetzt ging, würde ich sie nie wieder finden – und auch keine andere wie sie. Vorher hatte ich gut ohne sie leben können. Aber jetzt musste ich sie haben. Wie hatte sie es ausgedrückt?

Aber begreifst du nicht, was ich sagen will? Jetzt habe ich mich ans Geld gewöhnt. Ich weiß, wie es ist, wenn man welches hat. Ich weiß, wie es ist, wenn man alles tun und kaufen kann, was man will. Ich könnte nicht wieder so leben wie früher.

Ich hatte sie gehabt – einmal – und ich hatte mich an sie gewöhnt. Ich wusste, wie es war, sie zu haben, sie zu lieben und von ihr geliebt zu werden. Liebe? Ein seltsames Wort, dessen Bedeutung sich ständig änderte. Ich kam mir vor wie in einem Popsong.

Aber ich konnte nicht mehr so leben wie früher.

Sie hatte recht, und ich hatte recht – nur die Welt war die falsche. Wir brauchten einander, und wir brauchten das Geld. Falls es einen Weg gab, beides zu bekommen, wusste ich nicht, wo ich ihn finden sollte. Ich suchte ihn auf dem Grund des Glases, aber da war er nicht. Ich füllte das Glas aufs Neue und sparte mir diesmal das Eis. Der Whiskey schmeckte auch ohne Eis gut.

Ich hatte das Heroin. Ich konnte es nach New York mitnehmen, dort meine alten Verbindungen wieder erneuern und es dann an den Höchstbietenden verkaufen. Vielleicht klappte es. Vielleicht würde das Geld ausreichen, um uns weit fort von L. Keith Brassard zu bringen. Vielleicht war es genug, um das Land zu verlassen – Südamerika oder Spanien oder die italienische Riviera. Wir konnten eine lange Zeit von dem Geld leben. Wir konnten ein Boot kaufen und darauf wohnen. Früher hatte ich einmal Segeln gelernt. Es gibt nichts Vergleichbares. Man fährt los mit dem Boot und verliert sich zwischen einer Million kleiner Inseln, irgendwo auf der Welt – Inseln, wo es immer warm, wo die Luft sauber und rein ist. Überall konnten wir hingehen.

Doch wir durften niemals zurückkehren, uns niemals umdrehen.

Denn wir konnten ihm nicht entkommen. Er war kein gewöhnlicher Ehemann, kein aufrechter Bürger aus Westchester mit Freunden, die wie er das Gesetz achteten. Jemand, der so viel Heroin bei sich trug, hatte andere Verbindungen. Die Nachricht würde sich schnell in den richtigen Kreisen verbreiten. Eine inoffizielle, aber nicht minder verlässliche Summe würde als Kopfgeld für einen bestimmten Mann und eine bestimmte Frau ausgeschrieben werden. Und irgendwann würde jemand irgendwo einen zweiten Blick auf uns werfen. Wir konnten davonlaufen, aber wir konnten uns nicht ewig verstecken.

Lange konnten wir das nicht durchhalten. Zuerst würden wir uns noch mehr ineinander verlieben. Doch dann würden wir jeden Tag, immer, wenn wir allein waren, länger über die Männer nachdenken, die hinter uns her waren. Es würde nicht über Nacht geschehen – manchmal würden wir die Männer sogar vergessen können. Aber immer würde wieder etwas passieren, dass uns bewusst machte, dass sie uns immer noch verfolgten. Und wir würden wieder davonlaufen.

Und dann würden sich die Dinge zwischen uns langsam verändern. Sie würde sich daran erinnern, dass sie einmal Mrs. L. Keith Brassard gewesen war und mit ihrem Hermelinmantel, ihrem Zobelmantel und ihrer Chinchillastola in Cheshire Point gelebt hatte, in dem großen, soliden Haus mit den schweren Möbeln und all den Kreditkarten. Sie würde sich daran erinnern, wie es war, wenn man keine Angst hatte, und sie würde feststellen, dass sie, ehe sie mich kennengelernt hatte, nie Angst gehabt hatte. Doch jetzt hatte sie immer Angst, und jeden Tag nahm die Angst zu. Von diesem Augenblick an würde sie beginnen, mich zu hassen.

Und ich würde mich an ein unkompliziertes Leben erinnern, in dem ich einfach die Stadt verließ, wenn es Schwierigkeiten gab. Ein Leben, in dem die größte Bedrohung ein aufmerksamer Hotelmanager und das größte Problem die nächste Mahlzeit gewesen war. Ich würde ihren schönen Körper betrachten und dabei an den Tod denken, einen langsamen und unangenehmen Tod, weil seine Männer Experten für so etwas waren. Und dann würde auch ich sie zu hassen beginnen.

Ich konnte nicht sie und das Geld haben; nicht auf diese Weise. Wieder leerte ich mein Glas, dachte darüber nach und kam nicht weiter. Es musste einen Weg geben, doch ich sah keinen.

Die Flasche war halb leer, als mir die Lösung einfiel. Es war der einzige Weg. Ein anderer wäre vielleicht eher daraufgekommen, doch mein Gehirn bewegt sich in ganz bestimmten Bahnen, und das hier war unbekanntes Terrain für mich. Deshalb brauchte ich eine halbe Flasche Jack Daniels, bis mir der Gedanke kam.

Brassard konnte sterben.

Allein schon die Vorstellung jagte mir eine panische Angst ein, und ich kippte in rascher Folge noch zwei Drinks, zog mich aus und ging ins Bett. Ich schlief fast augenblicklich ein. Vielleicht war der Alkohol daran schuld. Ich weiß es nicht. Vielleicht schlief ich ein, weil ich Angst hatte, wach zu bleiben.

Ich träumte, aber es war einer jener Träume, die man sofort vergisst, wenn man aufwacht. Das Klopfen an der Tür weckte mich, und der Traum entglitt mir. Ich öffnete langsam die Augen. Ich hatte keinen Kater und fühlte mich wohl. Das heißt, mit ein paar Stunden mehr Schlaf hätte ich mich wirklich gut gefühlt.

Wieder klopfte es.

»Wer ist da?«

»Das Zimmermädchen.«

»Lassen Sie mich in Frieden.« Ein tolles Hotel, in dem einen die Zimmermädchen mitten am Morgen aufwecken. »Kommen Sie nächstes Jahr wieder.«

»Bitte öffnen Sie, Mr. Blake ...«

»Gehen Sie zum Teufel! Ich bin müde.«

Die Stimme senkte sich zu einem verführerischen Flüstern. »Lennie«, sagte sie, »*bitte,* mach auf.«

Einen Augenblick dachte ich, mein Traum wäre zurückgekehrt. Dann sprang ich aus dem Bett und hüllte mich in ein Laken. In ihrer weißen Baumwollbluse und der seegrünen Wanderhose wirkte sie kühl und frisch. Sie kam sofort herein, und ich schloss die Tür hinter ihr.

»Du bist verrückt«, sagte ich, »hierher zu kommen. Aber das weißt du natürlich.«

»Ja, ich weiß.«

»Er hätte dich sehen können. Er fragt sich bestimmt, wo du bist. Besonders clever war das nicht von dir.«

Sie lächelte. »Du siehst ziemlich bescheuert aus«, sagte sie. »Eingehüllt in dieses Laken wie ein Araberscheich. Hast du noch geschlafen?«

»Natürlich. Es ist ja mitten in der Nacht.«

»Mitten am Tag, meinst du.«

»Wie spät ist es denn?«

»Beinahe Mittag«, sagte sie. »Und er hat mich auf keinen Fall gesehen. Er ist heute früh schon fort. Geschäfte, hat er gesagt. Irgendetwas Unerwartetes. Selbst in Atlantic City macht er noch irgendwelche

Geschäfte. Die Arbeit ist wichtiger als alles andere. Immer.«

Ich wusste, was für Geschäfte er in Atlantic City abwickelte. Eine ganze Kassette voller Geschäfte, die einfach verschwunden waren.

Sie verzog den Mund. »Freust du dich nicht, mich zu sehen?«

»Das weißt du doch.«

»Du siehst aber nicht so aus, als ob du dich freust. Du hast mich noch nicht einmal geküsst.«

Ich gab ihr einen Kuss, und sofort kam alles zurück. Alles. Und es war wie in der Nacht am Strand. Sie war eine dieser Frauen, bei denen schon ein einziger Kuss genügt, um die Emotionen einer ganzen Nacht heraufzubeschwören.

»So ist's besser.«

»Viel besser.«

Mit eindeutiger Absicht zog sie die Bluse und die Wanderhosen aus und kickte ihre Schuhe unter mein Bett. Sonst trug sie nichts. Ich konnte nicht aufhören, sie anzusehen.

Ihre Augen lachten. »Du dummer Mann«, sagte sie. »Dieses blöde Laken brauchst du doch nicht, oder?«

Da hatte sie recht.

Viel später schlug ich die Augen auf. Sie hatte sich zusammengerollt wie ein schlafendes Kätzchen, und ihr blondes Haar lag wirr auf dem Kissen. Ich strich mit der Hand über ihren Körper, von der Schulter bis zur Hüfte. Sie rührte sich nicht.

Ich griff nach den Zigaretten auf dem Nachttisch, fand ein Streichholz und steckte mir eine an. Als ich sie wieder ansah, hatte sie die Augen geöffnet.

Sie lächelte.

»Weißt du, du bist wirklich fantastisch.«

Sie lächelte noch mehr.

»Ich werde dich vermissen.«

Sie biss sich auf die Lippen. »Lennie ...«

Ich wartete.

»Erinnerst du dich an das, was ich dir am Strand gesagt habe? Dass ich das Geld nicht aufgeben könnte?«

Ich erinnerte mich.

»Ich habe heute etwas herausgefunden. Hier. Mit dir.«

Ich wartete immer noch.

»Ich ... ich kann das Geld immer noch nicht aufgeben.«

Die Zigarette schmeckte nicht richtig. Ich nahm noch einen Zug und musste husten.

»Aber ich kann dich auch nicht aufgeben, Lennie. Ich weiß nicht, wie es weitergehen soll. Ich möchte das Geld, und ich möchte dich. Und ich kann nicht beides zusammen haben. Ich bin ein verwöhntes, kleines Mädchen. Ich *kann* überhaupt nichts. Ich weiß nur, was ich möchte.«

Ich kannte die Antwort, und ich wusste, dass ich Angst hatte, sie vor ihr auszusprechen. Aber die Würfel waren gefallen. Ich konnte nicht sehen, was für eine Zahl das Schicksal uns zugeteilt hatte, ob wir genügend Punkte oder nichts in der Hand hatten. Doch wie dem auch sein mochte, das Schicksal nahm seinen Lauf. Die Dinge waren nicht mehr zu ändern.

»Wie alt ist Keith?«

Sie zuckte mit den Achseln. »Fünfzig«, sagte sie. »Vielleicht auch fünfundfünfzig. Ich weiß nicht. Ich habe ihn nie gefragt. Dumm, nicht wahr? Ich weiß nicht einmal, wie alt mein Mann ist. Fünfzig oder fünfundfünfzig, ungefähr. Warum?«

»Ich habe nur nachgedacht.«

Sie sah mich an.

»Ich meine, er ist kein junger Mann mehr, Mona. Männer in seinem Alter haben nicht mehr allzu viele Jahre vor sich.«

Mehr sagte ich nicht, sondern ließ den Satz mitten in der Luft hängen. Sie bemühte sich, keinerlei Regung in ihrem Gesicht zu zeigen. Sie schaffte es nicht ganz. Auf eine Art war es erschreckend. Wir waren einander ein wenig zu ähnlich. Wir hatten uns beide dasselbe überlegt. Inzwischen denke ich, dass es wahrscheinlich so sein musste.

»Vielleicht ist sein Herz nicht mehr so gut«, fuhr ich fort, redete um den heißen Brei herum. »Vielleicht fällt er eines Tages um, und alles ist vorbei. Das passiert jeden Tag, weißt du? Es könnte ihm auch passieren.«

Sie wiederholte, was wir beide am Strand gesagt hatten. »Wenn dieses Bett Flügel hätte, könnten wir davonschweben, Lennie. Oder wenn es ein fliegender Teppich wäre. Sein Herz ist vollkommen in Ordnung. Er geht dreimal im Jahr zum Arzt, um sich untersuchen zu lassen. Vielleicht hat er Angst vor dem Sterben. Ich weiß es nicht. Dreimal im Jahr geht er zum Arzt, verbringt den ganzen Tag dort und lässt sich von Kopf bis Fuß durchchecken. Er war erst vor einem Monat dort. Körperlich ist er in bester Verfassung. Er hat noch vor mir damit angegeben.«

»Trotzdem könnte er einen Infarkt bekommen. Auch ein ganz gesundes Herz kann …«

»Lennie.«

Ich hielt inne und sah sie an.

»Es geht hier doch gar nicht um einen Herzinfarkt. Du meinst doch etwas ganz anderes.«

Ich sagte nichts.

»Du meinst, er könnte einen Unfall haben. Das meinst du doch, oder?«

Ich nahm einen Zug von der Zigarette. Ich schaute ihr direkt in die Augen und versuchte, all die verschiedenen Dinge unter einen Hut zu bekommen. Wenn es überhaupt möglich war, dann nicht für mich. Die Dinge waren zu unterschiedlich, sie passten einfach nicht zueinander.

»Ich wollte, wir wären nicht wir«, sagte sie jetzt. »Ich wollte, wir wären andere Menschen. Andere Menschen würden so schlimme Dinge nicht einmal denken. Und was wir denken, ist schlimm.«

Dazu sagte ich lieber nichts.

»Ich liebe ihn nicht, Lennie. Vielleicht liebe ich dich. Keine Ahnung. Ich weiß nur, dass ich bei dir sein möchte und nicht bei ihm. Aber er ist ... ein guter Mann, Lennie. Er ist gut zu mir. Er ist nicht gemein oder grausam oder böse oder ...«

Er war ein Drogendealer im großen Stil, führte ein imposantes Import-Export-Geschäft, nur dass er illegale Ware importierte. Er war der Big Boss in einem reizenden Geschäft, das Schulkinder dazu brachte, Raubmorde zu begehen, um sich das nötige Geld für ihre Sucht zu beschaffen. Er war ein Top Player in einem Spiel, dass mehr Leid über die Menschheit gebracht hatte als all die anderen reizenden Spielchen zusammen.

Aber das wusste sie nicht, und ich wusste nicht, wie ich es ihr beibringen sollte. Und deshalb blieb er für sie ein guter Mann, nicht böse oder grausam oder gemein.

»Was möchtest du jetzt tun?«

Sie wollte nicht mehr darüber reden, und sie hatte überzeugende Argumente für den Themenwechsel:

Sie streckte die Arme nach mir aus und lächelte mich halbherzig an.

»Wir haben noch ein paar Stunden«, sagte sie. »Lass sie uns im Bett verbringen.«

Im dem Moment hatte ich das noch für eine ausgezeichnete Idee gehalten. Aber nach einer Weile schlief ich ein und sie nicht. Sicher, ich hätte es nicht so weit kommen lassen dürfen. Es war ein Fehler. Aber ich war nicht in der Verfassung, um einen klaren Gedanken zu fassen. Und so kam es, wie es kommen musste.

Ich wachte auf, weil sie mich an der Schulter schüttelte. Sie blickte mich mit großen, vor Schreck geweiteten Augen an. Ich kapierte nicht sofort, was los war. Ich musste es erst hören, ehe es mir dämmerte.

»Lennie ...«

Ich saß auf dem Bettrand und schob ihre Hand von meiner Schulter. Sie hatte ihre Nägel in meine Haut gebohrt. Ich weiß nicht, ob sie es in dem Moment überhaupt mitbekommen hatte.

»Die Koffer ...«

Mein Verstand ist so kurz nach dem Aufwachen immer etwas träge. Ich war noch immer leicht verschlafen.

»Lennie, was machst du denn mit Keiths Koffern in deinem Schrank?«

Das war eine verdammt gute Frage.

Sie war so verwirrt, dass sie nicht richtig denken konnte. Sie stand da und plapperte wild drauflos. Ich musste ihr zweimal ins Gesicht schlagen, um sie zu beruhigen. Ich schlug nicht besonders fest zu, aber jeder Schlag tat mir weh. Schließlich setzte ich sie in einen Sessel und brachte sie dazu, die Klappe zu halten und mir zuzuhören.

Es gab eine Menge Dinge, die ich ihr noch nicht sagen wollte, und einige, die ich ihr am liebsten nie gesagt hätte. Aber ich hatte keine Wahl. Sie hatte die Koffer mit den Initialen L.K.B. im Schrank gesehen. Gott allein weiß, wie sie auf die Idee gekommen war, in meinem Schrank herumzustöbern. Aber das war jetzt nicht wichtig. Wichtig war einzig und allein, dass die Katze zur Hälfte aus dem Sack war und dass ich sie jetzt besser ganz herausließ.

»Unterbrich mich jetzt nicht«, sagte ich. »Es ist eine lange Geschichte. Du wirst erst alles begreifen, wenn du sie ganz gehört hast.«

Ich fing damit an, wie ich mit dem Zug aus Philly in Atlantic City angekommen war und Gepäck brauchte. Die Geschichte hatte eigentlich noch früher angefangen, aber der Rest war nicht wichtig. Wenigstens im Moment noch nicht. Wenn alles klappte, lagen etliche gemeinsame Jahre vor uns, in denen ich ihr meine gesamte Lebensgeschichte erzählen konnte. Wenn nicht, dann war es ohnehin egal.

Ich erzählte ihr, dass ich mir sein Gepäck zufällig geschnappt hatte und dass ich im Hotel unter falschem Namen eingecheckt war. Ich erzählte, wie ich ihr begegnet war, wie ich dann die Koffer geöffnet und das Heroin gefunden hätte. Das wollte sie mir zuerst nicht glauben, aber ich sagte es ihr immer und immer wieder, bis sie es begreifen konnte. Ein Anflug von Panik zeigte sich in ihrem Gesicht, als sie die volle Bedeutung meines Funds erkannte. Sie sah den alten Keith jetzt in einem völlig anderen Licht. Er war ein Dealer, kein netter Bursche. Sie hatte zwei Jahre mit ihm zusammengelebt, ohne etwas von seinem kleinen Geheimnis zu ahnen. Ich glaube, wenn ich ihr gesagt hätte, er sei in Wirklichkeit eine Frau, wäre sie auch nicht überraschter gewesen.

Ich erzählte ihr alles von A bis Z. Dann hörte ich auf, weil es nichts mehr zu erzählen gab. Ihr Angetrauter war ein Verbrecher, und ich hatte seine Ware im Hotelsafe. Wir befanden uns zusammen in meinem Zimmer, und die Welt fuhr Achterbahn mit unserem Leben.

»Das verändert alles, Lennie. Joe, meine ich. Ich glaube, ich sollte dich jetzt Joe nennen, nicht?«

»Ich denke schon.«

»Joe Marlin und nicht Lennie Blake. In Ordnung. Gefällt mir sowieso besser. Aber das ändert alles, Joe, nicht wahr?«

»Wie?«

»Ich will sein Geld nicht mehr«, sagte sie. »Ich könnte es nicht ertragen, noch länger mit ihm zusammenzuleben. Jetzt will ich nur dich. Wir können ihn vergessen und einfach davonlaufen und für immer zusammen sein.«

Das klang gut, aber so einfach lagen die Dinge nicht. Sie hatte es immer noch nicht ganz begriffen. Für sie war er immer noch der alte Keith. Nur verdiente er jetzt sein Geld mit schmutzigen Geschäften, und das machte sie krank. Aber sie erkannte nicht, dass sie sich in dem Mann selbst getäuscht hatte.

»Sie würden uns umlegen, Mona.«

Sie starrte mich an.

»Wir können davonlaufen, aber sie kriegen uns bestimmt. Dein Mann ist ein Verbrecher, Mona. Weißt du, was ein Gangster ist?«

Ihre Augen wurden groß und rund.

»Du bist seine Frau«, fuhr ich fort. »Er hat dich gekauft. Er hat schwer für dich bezahlt. Hermelinmantel, Zobelmantel, Chinchillastola. Diese Dinge kosten viel Geld.«

»Aber ...«

»Also gehörst du jetzt ihm. Du kannst nicht weglaufen. Er wird dich schnappen und dich umbringen lassen. Willst du, dass wir sterben, Mona?«

Ich sah den Blick in ihren Augen und erinnerte mich an den leicht verächtlichen Unterton in ihrer Stimme, als sie Brassards ärztliche Untersuchungen erwähnt hatte. Vielleicht, hatte sie gesagt, hat er Angst vor dem Sterben. Doch er war nicht der Einzige. Auch sie hatte Angst vor dem Tod. Womit wir schon drei wären.

»Wir können nicht davonlaufen«, sagte ich. »Wir können ihm nicht entwischen.«

»Aber die Welt ist groß.«

»Die Drogenmafia ist international, größer als die ganze Welt. Wohin willst du denn fliehen?«

Sie wusste keine Antwort.

»Nun?«

Sie biss sich auf die Unterlippe. »Ein Unfall«, sagte sie. »Vorhin hast du gesagt, er könnte einen Unfall haben. Das hast du gesagt, oder nicht?«

»Ich hab es ein wenig anders ausgedrückt.«

»Aber das hast du gemeint. Er könnte doch immer noch einen Unfall haben, nicht?«

»Ich dachte, du wolltest nicht über solche schlimmen Dinge nachdenken.«

»Jetzt ist alles anders, Joe. Ich wusste nicht, was für ein Mensch er ist. Jetzt ist es anders.«

Nichts war anders. Vorher war er großzügig und nett gewesen, und jetzt war er gemein und bösartig. Es war die Verpackung, mit der sie sich leichter mit dem Gedanken an einen Mord abfinden konnte. Zuckerguss um eine bittere Pille. Aber die Pille war dieselbe, egal wie süß sie schmeckte. Die Pille war immer noch Mord.

»Joe?«

Ich fing an zu schwitzen. Atlantic City wurde zu heiß für uns, und die Klimaanlage konnte nichts dagegen ausrichten. Ich legte meine Hand unter ihr Kinn und hob ihren Kopf so hoch, dass sie mich ansehen musste.

»Wann fährst du mit Keith zurück nach Cheshire Point?«

»Joe, ich will nicht mit ihm gehen. Ich kann nicht mit ihm gehen, Joe. Ich muss bei dir bleiben.«

»Wann fahrt ihr zurück nach Cheshire Point? Beantworte einfach meine Frage, verdammt noch mal.«

»In einer Woche. In sechs Tagen. Ich weiß nicht.«

Ich stellte im Kopf Berechnungen an. »Okay«, sagte ich. »Zuerst einmal dürfen wir uns nicht mehr treffen. Wenn wir einander auf der Promenade begegnen, schaust du mich nicht an, ganz gleich, wo Keith ist. Ist das klar? Er hat Freunde hier. Ich möchte nicht, dass jemand eine Verbindung zwischen uns beiden herstellt. Niemand darf uns zusammen sehen, oder das Spiel ist aus.«

»Ich verstehe nicht, Joe …«

»Halt einfach den Mund, damit ich es dir erklären kann.«

Ihr Blick verriet, dass sie verletzt war, doch sie schwieg.

»Ich reise übermorgen ab«, sagte ich. »Ich checke aus dem Hotel aus und fahre nach New York. Dort such ich mir unter einem anderen Namen eine Bleibe.«

»Unter welchem Namen?«

»Ich weiß es noch nicht. Doch das ist unwichtig. Du wirst nicht mit mir in Verbindung treten. Ich melde mich bei dir. Bleib einfach zu Hause. Soweit es dich betrifft, ist nichts geschehen. Keith ist der gute alte Keith, und du hast mich nie kennengelernt. Ist das klar?«

Sie nickte ernst.

»Vergiss es nicht. Du musst es dir immer wieder vorsagen, damit du nicht aus der Rolle fällst. Du bist Keiths Frau. Wir sind uns nie begegnet. Du fährst mit ihm zurück, und du wirst die gleiche Frau sein, die mit ihm nach Atlantic City gekommen ist. In jeder Hinsicht die gleiche Frau. Du weißt von nichts. Ist das klar? Du verstehst, dass du ihm das überzeugend vorspielen musst?«

»Ich verstehe.«

Jetzt kam der schwierigere Teil. Ich wollte es ihr nicht sagen, ich wollte nicht daran denken. »Du wirst mit ihm schlafen müssen«, sagte ich. »Ich … wünschte, du müsstest das nicht tun. Es gefällt mir nicht.

»Mir auch nicht.«

»Vielleicht kannst du ihm sagen, dass du krank bist«, meinte ich. »Das könnte klappen. Aber denk dran: Wenn alles so läuft wie geplant, dann brauchst du nie mehr mit ihm zu schlafen, ihn nie mehr ansehen und den Rest deines Lebens nicht mehr an ihn denken. Das macht es vielleicht etwas leichter.«

Sie nickte.

Ich zögerte und sah mich nach meinen Zigaretten um. Sie wollte auch eine, was nur verständlich war. Ich gab ihr eine, nahm mir selbst eine und steckte beide an. Wir rauchten ein paar Minuten schweigend.

»Mona«, sagte ich dann, »ich brauche Geld.«

»Geld?«

»Um die Hotelrechnung zu bezahlen«, sagte ich. »Ich kann es mir diesmal nicht leisten, dass das Hotel einen Detektiv auf mich ansetzt. Und ich muss den Aktenkoffer mit dem Heroin aus dem Safe holen.«

»Was wird das kosten?«

»Ich weiß nicht. Ich brauche auch Geld, um die Dinge

in New York zu regeln. Ich brauche nicht viel, aber je mehr ich habe, desto besser. Ich bitte dich ungern darum ...«

»Red keinen Unsinn.«

Ich grinste. »Wie viel kannst du erübrigen?«

Sie überlegte einen Moment. »Ich habe ein paar Hundert in bar. Die kann ich dir geben.«

»Wie wirst du es ihm erklären?«

»Wenn er mich fragt, sag ich ihm, ich hätte mir Schmuck davon gekauft. Ich glaube nicht, dass er mich groß fragen wird. Er ist nicht so. Es ist ihm gleichgültig, wie viel ich ausgebe oder für was. Ich könnte ihm auch sagen, dass ich es beim Rennen verloren habe. Das wäre ihm auch egal.«

»Bist du ganz sicher, dass es nicht gefährlich ist?«

»Ganz sicher.«

»Steck alles, was du nicht brauchst, in einen Umschlag«, sagte ich. »Einen Umschlag vom Hotel. Schreib nichts darauf. Irgendwann heute Abend gehst du an meinem Zimmer vorbei. Die Tür wird zu, aber nicht abgesperrt sein. Mach sie auf, wirf den Umschlag herein und verschwinde. Und bleib nicht stehen, um mit mir zu reden.«

Sie lächelte. »Das klingt wie ein Spionagefilm. Mit Mantel und Degen, weißt du? Robert Mitchum im Trenchcoat.«

»So ist es am sichersten.«

»Ich halte mich genau an das, was du gesagt hast. Nach dem Abendessen?«

»Wann immer du von ihm wegkommst. Ich warte hier, bis ich den Umschlag habe. Übermorgen reise ich nach New York ab. Ich möchte nichts überstürzen. Einverstanden?«

»Ich glaub schon.«

»Zieh dich an«, sagte ich. »Wir sehen uns in New York.«

Wir zogen uns beide eilig an. Dann gab ich ihr mit einer Handbewegung zu verstehen, sie soll beim Bett bleiben, ging zur Tür und öffnete sie einen Spalt. Ein Zimmermädchen kam gemächlich den Flur entlang. Ich wartete, bis es verschwunden war.

Ehe ich Mona hinausschickte, packte ich sie und küsste sie sehr schnell. Es war ein seltsamer Kuss, leidenschaftslos und dennoch überraschend intensiv. Dann war sie draußen im Gang und schritt auf den Lift zu. Ich schloss die Tür und setzte mich auf das Bett.

In der Flasche Jack Daniels waren noch zwei oder auch drei Drinks. Ich leerte sie und fühlte mich etwas besser.

4

Ich bekam das Geld ein paar Minuten nach sechs. Es war ein sehr eigenartiges Gefühl. Ich lag auf dem Bett, hatte das Licht ausgeschaltet und gab mich der leicht alkoholisierten Benommenheit hin, in die mich der Bourbon versetzt hatte. Die Klimaanlage summte leise im Hintergrund. Dann öffnete sich die Tür ein paar Zentimeter, ein Umschlag fiel auf den Boden, und die Tür schloss sich wieder.

Ich hatte nicht einmal ihre Hand gesehen. Und das machte die ganze Sache so erschreckend unpersönlich. Die Tür hatte sich von selbst geöffnet, der Umschlag war aus dem Nichts hereingeflattert, und die Tür hatte sich wieder geschlossen. Es waren keine lebenden Wesen an dem Vorgang beteiligt gewesen.

Ich hob den Umschlag auf, schüttelte den Inhalt auf die eine Seite und riss ihn auf. Darin waren Zehner, Zwanziger und Fünfziger. Ich zählte das Geld zweimal und kam beide Male auf eine Summe von dreihundertundsiebzig Dollar.

Ich verstaute die Scheine in der Brieftasche und warf den Umschlag in den Abfallkorb. Mit einem Mal wurde mir die Absurdität der Situation klar, und ich fiel auf das Bett und mühte mich, nicht laut loszulachen. Es war so komisch, aber gleichzeitig war es alles andere als komisch. Ich vergrub mein Gesicht im Kissen und brüllte hinein wie eine Hyäne.

Wenn es nicht um Mona ginge, wäre alles ganz einfach. Ich würde ein glückliches Lächeln aufsetzen, aus dem Hotel gehen und mit dreihundertundsiebzig hart verdienten Dollars in der Tasche einen Zug nach Nowheresville besteigen. So betrachtet war es die einfachste und gleichzeitig raffinierteste Abzocke, die ich in meinem Leben durchgezogen hatte. Leicht und easy, ohne Probleme.

Nur, dass das hier keine Abzocke war. Ich hatte das Geld auf einem silbernen Tablett überreicht bekommen, nun konnte ich die Hotelrechnung bezahlen und meine Karten richtig ausspielen. Ich würde nach New York fahren und dort auf sie warten. Ich weiß nicht, ob das wirklich witzig ist, jedenfalls kriegte ich mich fast nicht mehr ein vor Lachen.

Als ich nicht mehr lachen konnte, duschte ich, rasierte mich und ging ins Hotel nebenan, um zu Abend zu essen. Niemand geht ins Hotel nebenan, um zu Abend zu essen. Entweder isst man in seinem eigenen Hotel oder man geht in ein Restaurant. Genau darauf spekulierte ich, denn ich wollte weder mit Mona noch mit Keith zusammentreffen. Dazu war ich noch nicht bereit.

Das Dinner war wahrscheinlich ganz gut. Die Küche in großen Hotels ist verlässlich, wenn auch nicht gerade phantasievoll. Ein Steak verderben sie nie, und das hatte ich bestellt. Aber trotzdem schmeckte mir das Abendessen nicht. Ich dachte über die beiden nach, dass sie jetzt zusammen waren, und statt nach Fleisch war mir nach Mord zumute. Während des ganzen Essens brannte meine Zigarette, und ich achtete mehr auf sie als auf das Steak. Dann saß ich lange da und starrte in meinen Kaffee. Als ich ihn schließlich trinken wollte, war er lauwarm und schmeckte scheußlich. Ich ließ ihn stehen und ging ins Kino.

Wenn der Film auf persisch und mit chinesischen Untertiteln versehen gewesen wäre, hätte ich auch nicht mehr davon mitbekommen. An die Story kann ich mich überhaupt nicht erinnern, nicht einmal an den Titel. Ich war im Kino, damit die Zeit schneller verging, das war alles. Ich blickte auf die Leinwand, doch ich sah nichts. Stattdessen überlegte ich, schmiedete Pläne. Nennen Sie es, wie Sie wollen.

Am liebsten wäre ich sofort aus Atlantic City verschwunden. Mich noch hier aufzuhalten war ein Risiko, das mit jeder Minute, die ich in dieser scheußlichen Stadt verbrachte, größer wurde. Und da ich beschlossen hatte, meine Zimmerrechnung wirklich zu bezahlen, war jeder zusätzliche Tag ein Kostenfaktor, den ich mir eigentlich nicht leisten konnte. Monas Beitrag zu meinem Wohlbefinden, zusammen mit dem bisschen Geld, das mir selbst noch geblieben war, machte etwas mehr als vierhundert Dollar aus. Das Sümmchen schmolz schneller zusammen, als mir lieb war.

Aber ich konnte noch nicht abreisen. Ich musste mir meinen Mann ansehen, diesen L. Keith Brassard. Ich musste den Feind kennen, ehe ich entscheiden konnte, wie und wann und wo ich ihn töten würde.

Der Film war zu Ende, und ich ging ins Hotel zurück. Die Uferpromenade war etwas weniger belebt als gewöhnlich, doch es war immer noch genauso laut und hektisch. Ich blieb einen Augenblick stehen und sah einem Straßenverkäufer zu, der seinem Publikum erklärte, dass man zehn Jahre länger leben konnte, wenn man Gemüse in einer patentierten Gemüsepresse ausquetschte und den Dreck trank, der übrig blieb. Ich sah ihm zu, wie er ein Stück Kohl durch die Maschine trieb. Es begann mit einem ganzen Kohlkopf. Dann machte sich die Presse über ihn her. Der Verkäufer kippte die schwammigen Überreste in einen Abfalleimer und hob dann voll Stolz ein Glas mit übel aussehendem Gemüsesaft an seine Lippen. Er leerte das Glas in einem Zug und lächelte breit.

Ich fragte mich, ob man das gleiche mit einem Menschen tun konnte, ihn in eine patentierte Fruchtpresse stecken, alle Säfte aus ihm herausquetschen, dann den Abfall in einen Eimer kippen und den Deckel zuklappen.

Ich ging weiter und trank an einem Saftstand ein Glas Piña Colada. Ich fragte mich, wie man es herstellte. Plötzlich drängte sich mir ein erschreckendes Bild auf, wie eine Ananas und eine Kokosnuss Hand in Hand in eine patentierte Fruchtpresse hineintanzten; eine Art vegetarischer Selbstmordpakt. Ich trank die Piña Colada aus und ging ins Hotel.

Ein Mann kam heraus, gerade, als ich eintrat. Ich sah ihn nur ganz kurz von der Seite, aber etwas an ihm kam mir bekannt vor. Ich hatte ihn schon einmal gesehen. Doch mir fiel nicht ein, wo oder wann das gewesen war oder wer er sein mochte.

Er war klein, dunkelhaarig und dünn. Sein volles Haar war ordentlich frisiert, er trug es ziemlich lang. Sein schwarzer Schnurrbart war sorgfältig gestutzt. Er war gut gekleidet und ging mit schnellen Schritten.

Aus irgendeinem Grund hoffte ich inständig, dass er mich nicht erkannt hatte.

Am nächsten Tag sah ich ihn wieder.

Ich wachte gegen zehn auf, zog mir Freizeithosen und ein offenes Hemd an und ging zum Frühstücken hinunter. Ich war am Verhungern und verschlang Waffeln, Würstchen und zwei Tassen schwarzen Kaffee, ehe ich richtig merkte, dass ich mit dem Essen begonnen hatte. Dann steckte ich mir die erste Zigarette des Tages an und ging hinaus, um auf den Mann zu warten.

Ich ging auf die Hotelterrasse, auf der ich mir am ersten Abend einen Drink genehmigt hatte. Ich fand einen Tisch unter einem Schirm. Er war so nahe an der Promenade, dass ich einen guten Überblick hatte, doch niemand würde mich bemerken, wenn er nicht speziell nach mir Ausschau hielt. Der Kellner kam, und ich bestellte schwarzen Kaffee. Zum Trinken war es noch etwas zu früh, obgleich die übrigen Gäste darüber offenbar anderer Meinung waren. Ein Typ, der aussah, als würde er Damenunterwäsche vertreiben, und eine abgetakelte Brünette tranken Daiquiris um die Wette und schienen einen Mordsspaß dabei zu haben. Die fangen früh an, dachte ich. Oder vielleicht waren sie noch von der Nacht zuvor in Schwung. Ich achtete nicht mehr auf sie und sah auf die Promenade hinunter.

Und hätte sie doch beinahe verpasst.

Nach einem Tag in Atlantic City achtet man nicht mehr auf die Rollstühle, die über die Promenade geschoben werden. Sie gehören zum Stadtbild, und auf den Gedanken, dass jemand, den man kennt, in einem sitzen könnte, kommt man einfach nicht. Wie alle übersah ich die Rollstühle und konzentrierte mich auf die Fußgänger. Wäre mir nicht plötzlich ein blonder Schopf aufgefallen, hätte ich sie nicht bemerkt. Doch wegen des Blondschopfs sah ich ein zweites Mal hin. Sie waren es.

Er war klein, fett und er war alt. Und er war durch und durch der ehrliche Staatsbürger aus Westchester. Jetzt verstand ich, wie er Mona hatte so täuschen können. Manche ehrlichen Leute sehen wie Gauner aus, und manche Gauner wie ehrliche Leute. Er gehörte zur zweiten Kategorie.

Er hatte ein festes, ehrliches Kinn und einen ehrlichen Mund mit schmalen Lippen. Seine Augen waren wasserblau. Das konnte ich selbst von meinem Platz aus erkennen. Sein Haar war weiß. Nicht grau, sondern weiß. Weißes Haar hat etwas sehr Respekt einflößendes an sich.

Ich blickte dem nett aussehenden, ehrlichen, alten Mann nach, bis sie vor dem *Shelburne* stehen blieben und er sich aus dem Rollstuhl erhob. Dann trank ich meinen Kaffee und fragte mich, wie wir den Mann wohl umbringen könnten.

»Noch einen Kaffee, Sir?«

Ich blickte hoch zu dem Kellner. Ich hatte noch keine Lust, weiterzugehen, aber ich wollte auch keinen Kaffee mehr.

»Nein, jetzt noch nicht.«

»Aber natürlich, Sir. Möchten Sie vielleicht etwas essen? Ich habe hier die Speisekarte.«

Entweder man scheißt oder man räumt die Toilette, eine andere Wahl lassen einem die Burschen nicht. Ich wollte nichts essen, und ich wollte keinen Kaffee. Folglich sollte ich zahlen und verschwinden. Es standen fünfzig leere Tische auf dieser Terrasse, doch offensichtlich waren sie erst zufrieden, wenn einundfünfzig leer waren.

»Einen Martini«, sagte ich müde. »Extra trocken mit Zitrone.«

Er verbeugte sich und verschwand. Kurz darauf erschien er wieder mit dem Martini. Es gab zwei Oliven anstatt der üblichen einen, und er hatte an die Zitrone gedacht, was die meisten nicht tun. Vielleicht wollte er sich mit mir anfreunden.

Ich weiß nicht, warum ich den Drink bestellte. Normalerweise wäre ich jetzt gegangen. Ich wollte keinen Drink, ich wollte nichts essen, und ich wollte keinen Kaffee. Und Brassard hatte ich bereits gesehen. Diese Faktoren, verbunden mit meiner Abneigung für die Terrasse und den Kellner, hätten ausreichen sollen, damit ich sofort verschwand.

Aber ich ging nicht. Und so bekam ich L. Keith Brassard noch einmal zu sehen, diesmal länger und gründlicher.

Ich weiß nicht, wann er auf die Hotelterrasse gekommen war. Ich blickte irgendwann auf, und da saß er, drei Tische von mir entfernt. Ein Kellner stand neben ihm. Mein Kellner. Ich sah ihn von der Seite, und auch aus der Nähe wirkte er vollkommen respektabel.

Ich saß da und kam mir verdammt auffällig vor. Am liebsten hätte ich eine Zeitung gehabt, hinter der ich mich verstecken konnte. Ich wollte den Mann nicht ansehen. Es gibt diesen alten Trick: Man starrt jemanden eine Weile durchdringend an, dann fängt der Betreffende an, unruhig zu werden und dreht sich schließlich um und blickt zurück. Das hat nichts mit Telepathie oder so zu tun. Wahrscheinlich sieht man es irgendwie aus den Augenwinkeln, wenn man angestarrt wird.

Ich war überzeugt, wenn ich Brassard jetzt anstarrte, würde er sich umdrehen und mich ansehen. Doch dazu durfte es nicht kommen. Ganz gleich, wie wir es in New York anstellten, ich hatte einen großen Vorteil: Ich kannte ihn, und er kannte mich nicht. Das war eine

Trumpfkarte, und ich hatte nicht die geringste Lust, sie schon hier in Atlantic City zu verlieren.

Folglich ließ ich mir Zeit mit meinem Drink und sah nur hin und wieder zu ihm hinüber. Je länger ich ihn beobachtete, desto härter wirkte er auf mich. Man muss im Innern schon sehr hart sein, wenn man es mit einem so harmlosen Äußeren im Rauschgiftgeschäft zu etwas gebracht hat. Als Gangster hat man viel schneller Erfolg, wenn man wie ein Gangster aussieht. Je mehr man dem Klischee aus Hollywood entspricht, desto schneller wird man akzeptiert. Wenn man nach Wall Street aussieht, dann wird man in der Mulberry Street nicht gerade mit offenen Armen empfangen. Einen so harten Mann umzulegen, war keine einfache Sache.

Ich aß die erste Olive, als Brassard Gesellschaft bekam. Ein Mann wie er saß nicht einfach so ohne einen guten Grund auf der Terrasse herum und trank Kaffee. Und dieser Grund tauchte jetzt auf. Er war klein und dünn und gut gekleidet und er trug sein langes Haar sorgfältig gekämmt und hatte einen kleinen, gepflegten schwarzen Schnurrbart. Es war der Mann, den ich am Abend zuvor vor dem *Shelburne* gesehen hatte. Jetzt erinnerte ich mich auch, woher ich ihn kannte.

Beinahe wäre ich an meiner Olive erstickt.

Er hieß Reggie Cole. Er arbeitete für einen Mann namens Max Treger, er und halb New Jersey. Treger war ein weiser, alter Mann, der eine sichere und nicht näher zu definierende Position an der Spitze von allem einnahm, was in New Jersey auf der unsauberen Seite des Gesetzes geschah. Treger kannte ich nur seinem Ruf nach. Reggie Cole war ich einmal vor vielen Jahren auf einer Party begegnet. Reggie war damals noch unwichtig gewesen, aber die Jahre und Max Treger hatten es gut mit ihm gemeint. Reggie war aufgestiegen. Er saß jetzt an der rechten Seite Gottes, wenn man den Gerüchten vertrauen durfte.

Und jetzt saß er an der rechten Seite von L. Keith Brassard. Ich bekam ihn dadurch von vorn zu sehen, und das machte mir Sorgen. Seit jenem kurzen Zusammentreffen war viel Zeit vergangen, dennoch hatte ich ihn erkannt. Und er hatte allen Grund, sich an mich zu erinnern. Ich hatte ihm ein Mädchen weggeschnappt. Das Mädchen war eine Schlampe, und es hatte ihm damals wahrscheinlich nicht besonders viel ausgemacht. Aber sicherlich hatte er es nicht vergessen.

Ich wartete darauf, dass er aufblickt und mich sah. Aber er und Brassard waren beschäftigt. Sie sprachen schnell und ernsthaft miteinander, und ich hätte einiges darum gegeben, wenn ich ihr Gespräch hätte hören können. Es war leicht zu erraten, worum es ging. Brassard hätte eine Ladung Heroin abliefern sollen, die ausreichte, um ganz New Jersey für eine ziemlich lange Zeit high zu kriegen. Aber der Stoff war auf wundersame Art und Weise verschwunden. Grund genug für ein ernsthaftes Gespräch, würde ich sagen.

Ich schluckte die zweite Olive hinunter. Dann legte ich ausreichend Geld für den Martini, den Kaffee und den Kellner auf den Tisch und schob den Schein unter das leere Glas, damit der Wind ihn nicht wegblasen konnte.

Gerade, als ich aufstehen wollte, hob sich der dunkle Kopf, und kleine Augen sahen mich an. Ein kurzer, verwirrter Blick – wahrscheinlich hatte ich ihn gestern Abend genauso angesehen. Ein vages, entferntes Erkennen lag in dem Blick. Er erinnerte sich an mich, wusste aber nicht, woher.

Beim nächsten Mal würde es ihm einfallen. Ich

hoffte, das Gespräch mit Brassard war so wichtig, dass er nicht weiter über mich nachdachte.

Ich stand auf und bemühte mich, langsam zu gehen. Ich wandte den beiden den Rücken zu und schritt davon. Hoffentlich sahen sie mir nicht nach. Mein Hemd klebte schweißnass an meinem Rücken, als ich das *Shelburne* erreichte. Dabei war nicht einmal ein besonders warmer Tag.

Es hatte keinen Sinn, länger hier zu bleiben. Ich hatte schon mehr bekommen, als ich erhofft hatte: einen Blick auf ihn und eine Andeutung, wer seine Kumpane waren. Soweit ich es mir zusammenreimen konnte, war Brassard mit einer Lieferung Heroin nach Atlantic City gekommen. Er war kein Botenjunge, es war *sein* Heroin, gekauft, bezahlt und bereit zum Wiederverkauf. Niemand würde ihm vorwerfen, er hätte den Stoff unterschlagen oder sonst wie beiseite geschafft. Seine einzige Sorge war der finanzielle Verlust.

Wenn hier jemand schlecht aussah, dann war es Max Treger. Aus Brassards Sicht konnte ihn nur jemand bestohlen haben, der wusste, was er bei sich trug. Treger war unter Seinesgleichen dafür bekannt, dass man sich auf sein Wort verlassen konnte. Aber bei diesem Deal ging es um so viel Kohle, dass Brassard ihn zweifellos trotzdem verdächtigte. Hoffentlich machte er einen höllischen Aufstand deswegen, sodass jemand ihm aus lauter Wut ein paar Löcher in den Kopf schoss. Das würde mir eine Menge Arbeit ersparen.

Aber dazu würde es wahrscheinlich nicht kommen. In ein paar Tagen würde Brassard Treger davon überzeugt haben, dass er mit Heroin nicht Verstecken spielte. Treger wiederum würde Brassard überzeugt haben, dass er viel einträglichere Geschäfte kontrollierte und es nicht nötig hatte, vergleichsweise kleine Diebstähle durchführen zu lassen. Dann würden die beiden Clowns ihre kriminellen Köpfe zusammenstecken und daraufkommen, dass ein Unbekannter im Spiel war. Und dann würden sie anfangen, diesen Unbekannten zu suchen, und spätestens dann würde es für mich sehr ungemütlich werden.

Ich wollte abhauen, aber es war zu früh. Am meisten Probleme bereitete mir das verdammte Gepäck. Die Koffer waren ganz normale Koffer, aber man würde sie erkennen, ganz besonders dann, wenn nach ihnen gesucht wurde. Es war mir völlig egal, ob jemand sich in einer Woche an die Koffer erinnerte. Dann saß ich schon sicher in New York und hatte meine Spuren so gut wie möglich verwischt. Aber ich musste auf alle Fälle vermeiden, dass jemand die Koffer erkannte, so lange ich mich noch in Atlantic City befand.

Ich rief von meinem Zimmer aus beim Bahnhof an und erfuhr, dass jeden Morgen um sieben Uhr dreißig ein Zug nach Philly ging. Am Nachmittag fuhr auch noch einer, aber der Morgenzug war viel sicherer. Morgens um halb acht schlafen alle noch, so wie es sich gehört. Niemand würde Verdacht schöpfen, wenn ich um diese Zeit aus dem Hotel auscheckte, was eher der Fall wäre, wenn ich, sagen wir, um vier Uhr früh einen Zug erwischen wollte. Je weniger Leute meine Koffer sahen, wenn ich das Hotel verließ, desto sicherer fühlte ich mich. Und wenn ich Brassard nicht noch einmal über den Weg lief, war ich glücklich.

Mitten am Nachmittag rief ich bei der Rezeption an und bat, man möge mich um sechs Uhr früh am nächsten Morgen wecken. Wahrscheinlich war man dort ziemlich verblüfft, dass der Weckruf nicht erst abends in Auftrag gegeben wurde. Dann rief ich den Zimmerservice an und bestellte wieder eine Flasche Jack Daniels. Den Nachmittag und Abend verbrachte ich leicht benebelt vom Alkohol. Ich ließ mir Zeit mit dem Whiskey, ich hatte nichts Besseres vor, als die Flasche gemütlich zu leeren. Allerdings hatte ich keineswegs die Absicht, mich bis über beiden Ohren zuzudröhnen. Also ließ ich mir Zeit und achtete darauf, dass ich immer das richtige Quantum intus hatte. Als ich müde wurde, kippte ich noch ein paar Gläser hintereinander, damit ich schneller einschlafen konnte. Was ich dann auch sofort tat.

Meine Augen waren im gleichen Augenblick offen, als das Telefon klingelte. Ich war sofort hellwach. Diesmal drehte ich zuerst die Salzwasserdusche auf und anschließend die eiskalte normale Dusche. Ich brauchte drei kleine Handtücher, bis ich trocken war.

Ich zog mich an und ging hinunter. Diesmal stand ein anderer Mann hinter der Theke, aber er war ebenso eilfertig wie sein Kollege. Er machte nicht die geringsten Schwierigkeiten. Als er mir meinen Aktenkoffer reichte, bekam er dafür mein nettestes Lächeln. Den ganzen Weg durch die Halle zum Lift und die viel zu vielen Stockwerke hoch zu meinem Zimmer hatte ich das Gefühl, als starre mindestens die Hälfte der Englisch sprechenden Welt auf meinen Aktenkoffer.

Ich versuchte sogar, ihn zu öffnen. Dann fiel mir ein, dass ich den Koffer verschlossen und den Schlüssel weggeworfen hatte. Es war wirklich zu blöd. Schließlich konnte ich keinen von Brassards Koffern zurücklassen. Wenn ich den Aktenkoffer aufkriegen würde, könnte ich das Heroin in einen der Koffer tun und den leeren Aktenkoffer verschwinden lassen. So musste ich nun drei Koffer tragen. Am Anfang meiner Reise war das kein Problem. Aber später, wenn ich Züge wechseln musste, könnte es schwierig werden.

Ich packte meine Sachen und auch alle Sachen von Brassard in seine zwei Koffer. Da ich praktisch nichts dabei gehabt hatte, war das nicht besonders schwierig. Dann ging ich wieder in die Halle hinunter und ließ mir von einem Pagen die Koffer zum Taxi tragen, das wie immer neben dem Hotel auf Passagiere wartete. Ich selbst ging zur Rezeption.

Der Empfangschef drückte seine Hoffnung aus, dass mir der Aufenthalt gefallen hatte.

»Eine herrliche Stadt«, versicherte ich ihm, ohne bei der Lüge rot zu werden. »Die Erholung hatte ich wirklich nötig. Ich komme mir wie ein neuer Mensch vor.«

Der letzte Satz stimmte sogar.

»Geht's jetzt wieder nach Hause?«

»Zurück nach Philly«, sagte ich. Ich hatte bei meiner Ankunft als Wohnsitz eine gute Adresse in der Nähe des Rittenhouse Square angegeben.

»Besuchen Sie uns wieder.«

Ich nickte. Hoffentlich wartete er nicht auf mich, denn dabei konnte er alt werden. Viel würde ich nicht darauf wetten, dass ich noch einmal im *Shelburne* abstieg.

Ich ging zum Seitenausgang hinaus. Das Taxi stand dort mit meinem Gepäck im Kofferraum. Ich gab dem Boy einen Dollar und hoffte, dass er schon wieder vergessen hatte, wie die Koffer aussahen.

Auf dem Bahnhof kaufte ich mir eine Fahrkarte bis nach Philadelphia. Ich trug mein Gepäck selbst zum Zug. Einfach war es nicht, drei Gepäckstücke über den Bahnhof zu tragen, ohne dass es seltsam wirkte. Doch irgendwie schaffte ich es. Der Schaffner kam, nahm meine Fahrkarte und wies mich in ein Abteil nach Philadelphia. Ich lehnte mich zurück, und der Zug stampfte an Egg Harbor und Haddonfield vorbei. Dann waren wir schon in Philadelphia-Nord, und ich stieg aus. Ich und meine drei kleinen Koffer. Ich erinnerte mich an die Geschichte von Benjamin Franklin, wie er als junger Mann mit einem Laib Brot unter jedem Arm und einem dritten im Mund durch die Straßen von Philadelphia gerannt war. Ich konnte mir genau vorstellen, wie er ausgesehen hatte. Hoffentlich hatte sich Philly inzwischen schon an so einen Anblick gewöhnt.

Ich wollte mich freuen, weil ich aus Atlantic City weggekommen war, aber ich brachte nicht den nötigen Enthusiasmus auf. Ich war ohne Probleme, ohne Schweißausbrüche, ohne Unvorhergesehenes abgereist. Wer würde sich schon an einen adretten jungen Mann mit drei Koffern erinnern? Wen würden Brassards Männer befragen? Die Fahrgäste auf dem Weg zur Arbeit? Die Schaffner?

Kein Problem.

Wenn sich irgendein schlauer Kopf den Zusammenhang zwischen L. Keith Brassard und Leonard K. Blake zusammenreimte, konnte er vielleicht meine Spur bis zum Bahnhof verfolgen, vielleicht sogar den Angestellten finden, der sich an die Fahrkarte nach Philly erinnerte, die er mir verkauft hatte. Aber niemand auf der Welt würde auf den Gedanken kommen, dass ich nach New York gefahren war.

Kein Problem.

In weniger als drei Minuten hatte ich den Zug verlassen, war die Treppe hinunter und durch die Unterführung gerannt und befand mich auf dem Bahnsteig gegenüber. Dort wartete ich höchstens fünf Minuten, bis der Zug nach New York einfuhr. Ich stieg ein. Ich verstaute die Koffer im Gepäcknetz und machte es mir bequem. Als der Schaffner kam, kaufte ich eine Fahrkarte nach Boston. Das war nicht nötig, wirklich nicht. Aber ich wollte absolut auf Nummer sicher gehen.

Das klingt wie ein Spionagefilm. Robert Mitchum im Trenchcoat.

Ich dachte an Mona und fragte mich, wie lange es wohl dauern würde, bis ich sie wieder sah. Ich dachte an unser erstes Mal am Strand und an die beiden Male im Hotelzimmer. Ich dachte daran, wie sie sich bewegte, und die Dinge, die sie mit ihren Augen anstellte.

Natürlich hatte sie mit Robert Mitchum und seinem Trenchcoat recht. Ich übertrieb. Wir brauchten uns keine Sorgen zu machen. Ich war unterwegs nach New York und hatte nicht die geringste Spur hinterlassen. Brassard war hinter dem Falschen her, dem er den Heroindiebstahl anhängen konnte. Wir hatten das große Los gezogen.

Jetzt mussten wir ihn nur noch umlegen, ohne dabei erwischt zu werden.

5

Ich checkte unter dem Namen Howard Shaw im *Collingwood*-Hotel ein. Das *Collingwood* war ein gutes, wenn auch nicht erstklassiges Hotel in der Fünfunddreißigsten Straße westlich der Fifth Avenue. Das Zimmer kostete zweiunddreißig Dollar die Woche; es war sauber und gemütlich. Das Hotel lag zentral, wenn auch nicht direkt im Stadtzentrum. Die Chancen, dass ich auf alte Bekannte traf, lägen viel höher, wenn ich in einem Hotel am Times Square abgestiegen wäre.

Die Tür fiel hinter mir ins Schloss, und ich ließ meine drei Koffer auf den Boden fallen. Den Aktenkoffer schob ich unter das Bett in der Hoffnung, dass alles gut gehen würde.

Das *Collingwood* war ein Hotel, in dem viele Dauergäste wohnten, deshalb gab es keine Pagen, die einem die Koffer hoch trugen. Niemandem fiel auf, dass auf meinem Gepäck die Initialen L. K. B. standen, was mir nur recht war. Jetzt musste ich die Koffer nur noch loswerden. Es wäre natürlich ein Leichtes gewesen, sie in ein Schließfach in der U-Bahn zu stecken und den Schlüssel wegzuwerfen, aber dafür waren sie zu gut, und ich war zu pleite. Also riss ich die Etiketten der Reinigung aus sämtlichen Kleidungsstücken Brassards, mit Ausnahme von denen, die mir passten. Ich stopfte die Kleider in die Koffer und machte mich auf den Weg in die Innenstadt, wo die Third Avenue zur Bowery wird.

Ich verkaufte die Kleider im Wert von mehr als dreihundert Dollar an einen kleinen Mann mit runden Schultern und vorstehenden Augen für gerade mal dreißig Dollar. Dann versetzte ich die beiden Koffer im Wert von mehr als hundert Dollar für fünfundzwanzig. Ich überließ Brassards Sachen den Pennern, die in einem Pfandhaus einkauften, ging zurück ins Hotel und legte mich schlafen.

Es war Donnerstag. Am Sonntag oder Montag würden sie nach New York zurückkommen. Jetzt waren sie zusammen im *Shelburne*. Wahrscheinlich im Bett.

Ich träumte von ihnen und wachte schweißgebadet auf.

Am Freitag suchte ich ihn im Telefonbuch. Es war nur ein simpler Eintrag, nicht einmal in Fettdruck. Dort stand: *Brassard, L.K.,* 117 Chmbrs ... *WOrth 4-6363.* Ich verließ das Hotel, im Laden gleich um die Ecke war ein öffentliches Telefon. Ich wählte WOrth 4-6363 und ließ es achtmal läuten. Niemand meldete sich. Ich ging zur Sixth Avenue hinüber und nahm den D-Train zur Chambers Street. Dort schlenderte ich die Straße entlang, bis ich Hausnummer 117 fand.

Es war genau das richtige Gebäude für ihn. Die Ziegel waren einmal rot gewesen; jetzt waren sie verblasst. Die Fenster hätten mal geputzt werden müssen.

Die Namen der Mieter standen auf den Fensterscheiben – *Comet Enterprises, Inc. … Billige Autoversicherungen … Ausweisphotos in einer Stunde … Zenith Jobagentur … Kallett – Vertrauliche Ermittlungen … Kanzlei Rafael Messero – Scheidungsangelegenheiten.* Neun Stockwerke voller kleiner Büros, neun Stockwerke freien Unternehmertums. Ich fragte mich, warum er kein standesgemäßeres Büro hatte. Und ich fragte mich, ob er wirklich jemals in seinem Büro auftauchte.

Sein Name stand auf der Hinweistafel. Der Lift ging automatisch, und ich fuhr damit in den fünften Stock. Ich stieg aus, ging an dem Büro der Jobagentur vorbei zu der Tür mit der Aufschrift *L.K.Brassard.* Die Tür hatte eine Milchglasscheibe, die mir den Blick ins Innere versperrte.

Ich versuchte die Tür zu öffnen, doch es hätte mich gewundert, wenn das Büro offen gewesen wäre. Die Tür war mit einem normalen Schnappschloss ausgestattet, das sich nur mit dem Schlüssel öffnen ließ, sobald die Tür ins Schloss gefallen war. Zwischen Tür und Rahmen war ein Spalt von gut drei Millimetern. Ich blickte zur Zenith Jobagentur hinüber; die Tür war verschlossen. Ich fragte mich, wie hoch wohl die Strafe war, wenn man eine Tür aufbrach.

Mit Hilfe meines Taschenmessers brauchte ich gerade mal zwanzig Sekunden. Es ist eine ganz einfache Operation: Man schiebt die Messerklinge zwischen Tür und Rahmen und drückt den Schlossmechanismus zurück. Gute Türen liegen auf dem Türrahmen auf, dann lassen sie sich nicht so einfach knacken. Doch dies hier war keine gute Tür. Ich öffnete sie einen Spalt und sah mich noch einmal im Gang hinter mir um. Dann drückte ich sie auf, trat ein und schloss sie hinter mir.

Der Raum sah aus wie ein ganz normales Büro. In einer Ecke stand einer der ältesten Rollschreibtische Amerikas mit einem Tintenfass darauf. Ich suchte automatisch nach einem Federkiel und war beinahe überrascht, keinen zu finden.

Auf dem Schreibtisch lagen ein halbes Dutzend großformatiger Geschäftsbücher, die ich ziemlich genau unter die Lupe nahm. Ich weiß nicht, was ich hier zu finden hoffte. Vielleicht waren die Eintragungen verschlüsselt oder sie bedeuteten überhaupt nichts. Jedenfalls war es Zeitverschwendung, sie länger durchzusehen.

Die Schubladen und Fächer des Schreibtisches brachten auch nichts Besonderes zutage, da waren nur Rechnungen, abgestempelte Schecks und Kontoauszüge. Offenbar wickelte Brassard neben seiner Haupteinnahmequelle auch ein paar durchaus legale Geschäfte ab. Soweit ich das feststellen konnte, importierte er eine Menge japanischen Kram – Feuerzeuge, Spielwaren, Modeschmuck. Das passte ins Bild. Gut möglich, dass Heroin aus China oder Hongkong oder Macau über Japan in die USA eingeführt wurde.

Ich saß auf dem Lederstuhl an seinem Schreibtisch und versuchte, mich in seine Lage zu versetzen. Am meisten beeindruckte mich das Doppelleben, das er führte. Er war kein Verbrecher wie Reggie Cole oder Max Treger. Wer Treger kannte, wusste, was für ein Mensch er war. Er war nur noch nicht im Knast gelandet, weil niemand genügend Beweise beschaffen konnte, um ihn dorthin zu befördern. Doch falls Treger verheiratet war, dann wusste Mrs. Treger ganz genau, womit ihr Mann die Nerzmäntel bezahlte. Einige von Tregers Nachbarn schnitten ihn, andere taten so, als wäre er einer der ihren. Aber alle wussten, dass er ein Krimineller war. Die Leute in Cheshire Point aber hatten keine Ahnung, wer sich hinter der Fassade des guten alten Keith Brassard verbarg.

Ich trommelte mit den Fingern ein Solo auf dem respektablen Schreibtisch und fragte mich, warum zum Teufel ich überhaupt in sein Büro gekommen war. Keine Ahnung, was ich erwartet hatte. Ich war nicht vom Rauschgiftdezernat, ich wollte keinen Rauschgiftring ausheben. Ich war ein Klugscheißer, der Brassard umbringen und sich seine Frau schnappen wollte. Was hatte ich also hier verloren?

Ich wischte jeden Gegenstand ab, den ich berührt hatte. Wahrscheinlich war das nicht notwendig. Aber ich wollte keine Fingerabdrücke in seinem Büro hinterlassen, falls doch einmal jemand eine Verbindung zwischen mir und ihm herstellte. Dabei stieß ich noch auf einen Fetzen Papier mit vier Telefonnummern und ohne den geringsten Hinweis, was die Nummern bedeuteten. Ich schrieb sie ab.

Er würde merken, dass jemand in seinem Büro gewesen war. Ich bemühte mich, alles so zu hinterlassen, wie ich es vorgefunden hatte, doch einige verstellte Gegenstände würden den Einbruch verraten. Hoffentlich gab es eine Putzfrau mit einem eigenen Schlüssel; dann würde er nicht auf den Gedanken kommen, dass jemand sein Büro durchsucht hatte.

Auf dem Weg zurück zum Hotel erstand ich ein paar Freizeithosen und etwas Unterwäsche. Ich fand einen Anzug mit einem zusätzlichen Sportsakko und veranlasste, dass man mir die Kleidungsstücke am Montag ins *Collingwood* lieferte. Insgesamt kosteten mich die Klamotten über hundert Dollar, sodass mir nicht mehr viel Geld übrig blieb. Ich gab ungern so viel für Anzüge aus, doch es ließ sich nicht vermeiden. Ich brauchte anständige Kleidung. Und wenn sie zu billig wirkten, würde ich damit Aufmerksamkeit auf mich ziehen. Dann erstand ich noch einen ganz ordentlichen Koffer für fünfundzwanzig Dollar. Reine Verschwendung, aber mir blieb nichts anderes übrig.

Als ich ins Hotel zurückkam, war mir ziemlich scheußlich zumute. Ich war müde, gelangweilt und ziemlich verschwitzt. Gegen das Schwitzen half eine Dusche, doch die Langeweile blieb. Ich hatte nichts zu tun und wusste nicht, wo ich hingehen könnte. Meine eigene Gesellschaft konnte ich auch nicht besonders gut ertragen. Ich vermisste Mona so sehr, dass ich es geradezu körperlich spürte.

Ich genehmigte mir ein gutes Abendessen mit einem Drink vorab und einem Brandy danach. Dann ging ich in den Laden an der Ecke, erstand eine Flasche Whiskey und ging damit zu Bett.

Der Samstag ging vorüber, ohne dass ich besonders viel getan hätte. Ich ließ mir beim Friseur einen Bürstenhaarschnitt verpassen, eine Frisur, die ich schon lange nicht mehr getragen hatte. In meinem Zimmer musterte ich mich lange im Badezimmerspiegel. Der Haarschnitt hatte mich vollständig verändert. Mein Gesicht wirkte runder, meine Stirn höher, ich sah gut zwei Jahre jünger aus.

Unten im Laden holte ich mir ein paar Taschenbücher. Den Rest des Tages verbrachte ich im Hotel mit Lesen, wobei ich nach und nach die Flasche leerte. Ich musste die Zeit totschlagen, und ich wollte es so schnell wie möglich hinter mich bringen. Hätte ich zwei Tage im Koma liegen können, wäre ich froh gewesen. Ich wollte über nichts nachdenken, und ich wollte keine Pläne machen, ich wollte überhaupt nichts tun. Ich wartete nur, dass die Zeit verging.

Am Sonntagnachmittag ging ich zur Penn Station hinüber und suchte ihre Nummer im Telefonbuch von Westchester. Die Straße, in der sie wohnte, hieß Roscommon Drive. Ich merkte mir die Nummer und verließ den Bahnhof.

An diesem Abend rief ich sie an.

Es war ein warmer Abend, und der Ventilator in der Telefonzelle funktionierte nicht. Ich warf ein Zehncentstück in den Schlitz und wählte ihre Nummer. Es meldete sich ein Mädchen von der Vermittlung, die mir meine zehn Cent zurückgab und mich aufforderte, zwanzig Cent einzuwerfen. Ich warf das erste Geldstück und ein zweites ein, dann klingelte das Telefon. Eine Männerstimme sagte: »Hallo.«

»Ist Jerry da?«

»Ich fürchte, Sie haben sich verwählt.«

»Ist das nicht die Nummer von Jerry Hillman?«

»Nein«, sagte er. »Tut mir leid.«

Er legte auf, und ich saß in der heißen Zelle und hörte im Geist immer noch seine Stimme. Es war eine gepflegte Stimme. Er sprach langsam, mit einem angenehmen Tonfall.

Ich verließ das Telefonhäuschen und ging die Straße entlang. Sie waren zu Hause. Ich steckte mir eine Zigarette an und rauchte hastig. Ich musste mit ihr in Verbindung treten, wusste aber nicht, wie ich es anpacken sollte. Ich fragte mich, ob sein Telefon überwacht wurde. Höchstwahrscheinlich. Bestimmt hatte er es selbst veranlasst. Es war sicher nicht das erste Mal.

Ich rief wieder von derselben Zelle aus an; diesmal meldete sie sich. Als sie Hallo sagte, sah ich sie vor mir, spürte sie in meinen Armen. Ich zitterte.

»Ist Jerry Hillman da?«

»Nein«, sagte sie. »Sie müssen die falsche Nummer gewählt haben.«

Sie erkannte meine Stimme. Ich war mir absolut sicher.

»Ist das nicht AL 5-2504?«

»Nein«, sagte sie.

Ich saß über eine Viertelstunde in der Telefonzelle. Den Hörer hielt ich gegen mein Ohr gepresst, damit es so aussah, als telefonierte ich. Mit der anderen Hand hielt ich die Telefongabel gedrückt. Dann klingelte es, und ich ließ die Gabel los und sagte Hallo.

»Joe«, sagte sie. »Hallo, Joe.«

»Wie ist es dir ergangen?«

»Es war ganz okay«, sagte sie. »Glaube ich wenigstens. Du hast mir gefehlt, Joe.«

»Ich werde vor lauter Warten auf dich fast verrückt. Ich hatte schon Angst, du hättest die Nummer nicht verstanden. Von wo aus rufst du an?«

»Von einem Laden«, sagte sie. »Ich ... ich habe auf deinen Anruf gewartet. Keith ist beim ersten Mal ran. Er hat gemeint, jemand hätte sich verwählt. Aber ich hab gewusst, dass du es bist.«

Ich holte tief Luft. »Ich muss dich sehen«, sagte ich. »Kannst du morgen nach Manhattan kommen?«

»Ich denke schon. Er geht ins Büro. Ich begleite ihn einfach in die Stadt und sage ihm, ich hätte Einkäufe zu erledigen. Irgendwann zwischen neun und zehn bin ich da. Einverstanden?«

»Perfekt.«

»Wo wohnst du?«

»In einem Hotel«, sagte ich. »Im *Collingwood*. Östlich vom Herald Square.«

»Wollen wir uns dort treffen?«

Ich überlegte. »Nein, besser nicht«, sagte ich. »In der

Vierunddreißigsten Straße zwischen Sixth und Seventh Avenue ist ein Selbstbedienungsrestaurant. Treffen wir uns dort.«

»Die Vierunddreißigste zwischen der Sixth und Seventh. Ich werde dort sein. Ich liebe dich, Joe.«

Ich sagte ihr, dass ich sie auch liebte. Ich sagte ihr, wie scharf ich auf sie war.

»Ich muss jetzt auflegen«, sagte sie. »Ich bin in den Laden, um Tampons zu holen. Er wird sich wundern, weshalb ich so lange brauche.«

»Tampons?«

Meine Stimme muss enttäuscht geklungen haben, denn sie kicherte. Ihr Kichern klang sehr sexy. »Keine Sorge«, meinte sie. »Auf diese Weise schlage ich zwei Fliegen mit einer Klappe. Mit der Ausrede konnte ich zum Laden fahren, und gleichzeitig halte ich mir so Keith vom Leib. Ich will nicht, dass er mich heute Nacht anfasst, Joe. Nicht, wenn du so nahe bist. Ich könnte das nicht ertragen.«

Sie legte auf, und ich stand da mit dem Telefonhörer in der Hand. Ich trat auf die Straße und versuchte, mir mein Zittern nicht anmerken zu lassen. Auf dem Weg ins Hotel kehrte ich in einer kleinen Bar ein, kippte einen doppelten Bourbon und trank dann langsam das Bier zum Nachspülen.

Der Barkeeper war ein hünenhafter Mann mit breiter Stirn. Er hörte Countrymusic auf einem Transistorradio, das er hinter der Bar auf die Theke gestellt hatte. Der Song handelte von einer herzlosen Zicke, die dem Sänger furchtbaren Liebeskummer bereitete. Der Barkeeper polierte im Rhythmus seine Gläser. Zwei oder drei Burschen saßen allein da und tranken. Ein Mann und eine Frau saßen in einer Nische und tranken und kamen sich dabei immer näher.

Wie lange war es her, dass ich sie zuletzt gesehen hatte? Weniger als eine Woche. Fünf oder sechs Tage. Doch selbst in so kurzer Zeit kann man eine Menge vergessen. Ich konnte mich an ihr Aussehen erinnern, wie sie sich anhörte und wie es war, sie in den Armen zu halten. Aber ich hatte fast vergessen, wie sehr ich sie brauchte.

Der Klang ihrer Stimme hatte alle Erinnerungen in mir aufleben lassen. Sie brachen mit Gewalt über mich herein.

Ich überlegte, wie ich ihn töten würde. Denn natürlich musste ich der Killer sein. Und ich würde es allein tun. Denn der Verdacht würde sofort auf sie fallen. Sie war die Hauptverdächtige, mit der sich die Bullen als Erstes beschäftigten. Ich musste dafür sorgen, dass sie ein perfektes Alibi hatte.

Ich konnte ihn zu Hause oder in seinem Büro töten. Zu Hause war es vielleicht besser. Das Morddezernat von Manhattan ist verdammt gründlich. Vielleicht war die Polizei von Westchester weniger auf Draht.

Wie sollte ich ihn töten? Mit der Pistole oder mit einem Messer? Dem berüchtigten stumpfen Gegenstand? Oder sollte ich ihm mit bloßen Händen den Hals umdrehen? Ich versuchte mich zu erinnern, ob man auf dem Hals eines Menschen Fingerabdrücke hinterlassen konnte. Ich konnte es mir nicht recht vorstellen.

Wieder begann ich zu zittern. Ich bestellte noch einmal einen doppelten Bourbon und kippte noch ein Bier hinterher. Dann ging ich zurück ins Hotel.

6

Ich betrat das Selbstbedienungsrestaurant um neun Uhr. Das Mädchen an der Kasse gab mir eine Handvoll Fünfcentstücke, und ich wanderte herum und stellte mir an New Yorks beliebtesten Spielautomaten mein Frühstück zusammen. Ich belud das Tablett mit einem Glas Orangensaft, einer gefährlich aussehenden Schüssel mit Müsli, zwei heißen Würstchen und einer Tasse schwarzen Kaffee. Dann fand ich einen Tisch, der mir gute Sicht auf den Eingang gewährte, und machte mich über mein Frühstück her.

Ich war bei der zweiten Tasse Kaffee, als sie auftauchte. Ich sah sie an, und sofort schwirrte mir der Kopf. Sie trug ein schlichtes blaugraues Sommerkleid, das vorn zugeknöpft war. Sie wirkte unschuldig und reizend, wirklich süß. Ich wartete darauf, dass sie an meinen Tisch gerannt kam und sich mir um den Hals warf.

Aber sie war so gelassen, dass ich es beinahe mit der Angst bekam. Sie sah mich an, und der Schatten eines

Lächelns huschte über ihr Gesicht. Dann ging sie an mir vorbei, ließ sich einen Vierteldollar in Fünfcentstücke wechseln und investierte die Münzen in Kaffee und einen Donut mit Zuckerguss. Eine Weile stand sie mit dem Tablett in der Hand herum und suchte sich einen Platz. Schließlich kam sie zu meinem Tisch, stellte das Tablett ab und setzte sich.

»Das macht wirklich Spaß«, sagte sie. »Diese Mantel-und-Degen-Spielchen, meine ich. Ich übertreibe es vielleicht ein bisschen.«

Ich hatte ihr so viel zu sagen und wusste nicht, wo ich anfangen sollte. Ich steckte mir eine Zigarette zum Kaffee an und begann einfach mittendrin. »War es schwer, hierher zu kommen?«

»Nein, ganz und gar nicht. Ich bin mit Keith im Zug gefahren. Ich habe ihm gesagt, ich wolle einkaufen. Erinnere mich daran, dass ich ein paar Dinge kaufe. Vielleicht ein Paar Schuhe oder so. Irgendetwas eben.«

»Es muss schön sein, wenn man Geld hat.«

Ich sagte das nur so dahin, vielleicht war es ein Fehler gewesen. Sie sah mich an, und in ihren Augen standen viele Dinge, die man nicht in Worte fassen kann. Natürlich war es schön, Geld zu haben. Es war auch schön, verliebt zu sein. Viele Dinge waren schön.

»Joe …«

»Ja?«

»Ich habe mir überlegt, dass wir ihn vielleicht gar nicht umbringen müssen.«

»Nicht so laut!«

»Niemand achtet auf mich. Hör zu, ich habe mir etwas anderes überlegt. Wenn es klappt, brauchen wir ihn nicht zu töten.«

»Tut er dir schon leid?«

»Nicht leid«, sagte sie.

»Was dann?«

»Vielleicht bekomme ich Angst. In New York bringen sie Mörder auf den elektrischen Stuhl. Ich … ich will nicht auf dem elektrischen Stuhl sterben.«

»Zuerst musst du verurteilt werden.«

Ihre Augen blitzten. »Du klingst, als würdest du ihn wirklich hassen«, sagte sie. »Du klingst, als wäre es dir wichtiger, ihn zu töten, als dass wir nicht geschnappt werden.«

»Und du klingst, als würdest du am liebsten einen Rückzieher machen. Vielleicht willst du das ja. Vielleicht vergessen wir die ganze Sache einfach. Du gehst deiner Wege, und ich gehe meiner Wege. Kauf dir doch so viele Schuhe, wie du willst. Und noch ein paar Pelzmäntel. Und …«

Ein Mann nahm an unserem Tisch Platz; ein alter Mann, dem die Zeit den Lebenswillen genommen hatte. Der Kragen seines sauberen weißen Hemds war abgewetzt, und es waren Flecken auf seiner breiten, gepunkteten Krawatte. Er schüttete andächtig Milch über seine Cornflakes und gab noch zwei Esslöffel Zucker dazu, während wir ihm mit offenem Mund zusahen.

»Gehen wir«, sagte ich. »Komm.«

In Manhattan gibt es immer irgendwo eine Bar gleich um die Ecke, egal wo man sich befindet. Es gab auch hier eine gleich um die Ecke, und dorthin gingen wir. Wir setzten uns in die hinterste der drei leeren Nischen. Ich hatte keinen Drink gewollt, aber jetzt brauchte ich einen. Ich ließ mir Bourbon und Eis bringen und sie sich einen Screwdriver.

»Also?«

»Du siehst das alles ganz falsch«, sagte sie. »Ich will

mich nicht drücken. Für dich ist es ja nicht schwer, den Heiligen zu spielen. Du musst ja nicht mit ihm zusammenleben. Du brauchst nicht ...«

»Komm zur Sache.«

Sie nahm einen Schluck von ihrem Drink und atmete tief ein. »Das Heroin«, sagte sie. »Hast du es noch?«

Ich nickte.

»Wir könnten es nutzen«, sagte sie.

»Es verkaufen und abhauen?« Ich setzte an, um ihr noch einmal zu erklären, warum das nicht klappen würde, aber sie ließ mich nicht ausreden.

»Wir könnten es ihm unterschieben«, sagte sie. »In seinem Wagen, im Haus oder irgendwo. Dann rufst du oder ich anonym die Polizei an und geben ihnen den Tipp. Wenn sie alles durchsuchen, finden sie das Heroin und verhaften ihn.«

Irgendwo in meinem Kopf schlug eine Alarmglocke, doch ich achtete nicht darauf. »Einfach so?«, fragte ich. »Es ihm unterschieben, den Bullen einen Tipp geben und deinen Mann in den Knast schicken?«

»Warum nicht?«

»Weil es so nicht klappen kann.«

Sie sah mich an.

»Lass uns doch überlegen, was passieren würde, Mona. Die Polizei würde auf den Tipp reagieren und das Heroin finden. Dann fragen sie, wie es dorthin gekommen ist, und er wird sagen, dass er nicht die leiseste Ahnung hat. Richtig?«

Sie nickte.

»Also nehmen sie ihn fest und lochen ihn ein«, fuhr ich fort. »Man stellt ihn wegen unerlaubten Rauschgiftbesitzes unter Anklage. In zehn Minuten eist ihn ein teurer Anwalt mit einer Kaution wieder los. Zehn Monate später wird sein Fall zur Verhandlung kommen. Er plädiert auf unschuldig. Sein Anwalt macht dem Gericht klar, dass hier ein Mann ohne die geringsten Vorstrafen steht – ein Mann ohne irgendwelche Verbindungen zur Verbrecherwelt, ein angesehener Geschäftsmann, den jemand hereingelegt hat. Und er wird freigesprochen.«

»Aber das Heroin ist doch als Beweis da!«

»Na und?« Ich trank einen Schluck Bourbon. »Die Chancen stehen fünfzig zu eins, dass die Geschworenen ihn freisprechen. Und falls nicht, falls wirklich der unwahrscheinliche Fall eintritt, dass sie ihn schuldig sprechen, dann geht sein Anwalt in die Revision. Und damit wird er auf jeden Fall durchkommen. Wenn nicht, wenn er selbst im Revisionsverfahren schuldig gesprochen wird – und die Chancen dafür stehen so schlecht, dass ich nie auch nur einen Cent darauf wetten würde –, dann dauert es immer noch zwei oder drei Jahre, bis er mal länger als fünf Stunden hinter einander in einer Zelle sitzt. Außerdem ist es durchaus möglich, dass er irgendwann während dieser zwei oder drei Jahre draufkommt, wer den Bullen den Tipp gegeben hat. Und dann sucht er sich einen fähigen Killer, der dir ein großes Loch in deinen hübschen Kopf schießt.«

Sie schauderte.

»Also müssen wir ihn töten.«

»Das will ich aber nicht.« Ihre Stimme war jetzt sehr leise.

»Weißt du einen besseren Weg?«

»Ich hatte gedacht … Aber du hast recht. Es gibt keinen anderen Weg. Wir müssen ihn … töten.«

Darauf trank ich. Ich bestellte noch einmal dasselbe für uns, und der Barkeeper brachte die Drinks; Bourbon und Eis für mich und einen Screwdriver für sie. Ich zahlte.

»Wie?«

Ich gab keine Antwort.

»Wie werden wir …?«

»Wart einen Moment«, sagte ich. »Ich versuche nachzudenken.« Ich stützte die Ellbogen auf den Tisch und legte den Kopf in die Hände. Ich schloss die Augen und versuchte, klar und in der richtigen Reihenfolge zu denken. Es war ziemlich schwierig. Brassard, Geld, Mona und Heroin jagten sich im Kreis. Es musste einen Weg geben, um alle Stücke zusammenzufügen und einen Plan zu fassen. Aber ich fand ihn nicht.

»Nun?«

Ich steckte mir eine Zigarette an und studierte ihr Gesicht, das mich verschwommen hinter der Rauchwolke anblickte. Ich legte die Zigarette in den kleinen Aschenbecher aus Glas und ergriff ihre Hände. Und plötzlich war jeder Plan völlig unwichtig. Es war wie beim ersten Mal, wie bei jedem Mal, wenn wir uns berührten. Ich glaube, *elektrisch* ist das richtige Wort, um das Gefühl zu beschreiben. Es war, als ob zwischen uns Funken schlugen.

Elektrisch. Ich hatte einmal gesehen, wie ein Mann ein Lampenkabel aufhob, das bis auf die Drähte durchgescheuert war. Der Strom klebte ihn und das Kabel zusammen, und er konnte nicht mehr loslassen. Die Spannung war zu niedrig, um ihn umzubringen. Er blieb an dem Kabel kleben, bis irgendein Genie den Stecker aus der Steckdose zog.

Genauso war es bei uns.

»Joe …«

»Komm, wir gehen.«

»Wohin?«

»In mein Hotel.«

»Ist das nicht gefährlich?«

Ich starrte sie an.

»Jemand könnte uns sehen«, sagte sie. »Wir gehen ein Risiko ein. Aber wir dürfen nichts riskieren.«

Sie wusste, wie sehr ich sie brauchte. Und jetzt führte sie mich an der Nase herum, spielte Spielchen mit mir. Ich sah sie an, und sie wurde vor meinen Augen zu einem Sexsymbol. Sie war nicht mehr unschuldig, reizend oder süß. Ich blickte auf das einfache Sommerkleid und sah ihre Brüste, ihren Unterleib, ihre Hüften. In ihren Augen stand nacktes Verlangen, genau wie bei mir.

»Ich gehe jetzt einkaufen«, sagte sie. »Ich kaufe mir ein Paar Schuhe, damit Keith nicht anfängt zu fragen, warum ich überhaupt in die Stadt mitgefahren bin. Inzwischen gehst du ins Hotel zurück und denkst dir einen wasserdichten Plan aus. Dann rufst du mich an und erklärst ihn mir, und dann sehen wir zu, wie wir ihn in die Tat umsetzen. Nur so gehen wir kein Risiko ein.«

»Ich scheiß auf das Risiko.«

»Aber wir können es uns nicht leisten. Wir dürfen keine Risiken eingehen. *Du selbst* weißt das am besten.«

Es waren nur Worte, und sie wollte eigentlich etwas ganz anderes. Ich stand auf, ohne ihre Hand loszulassen, ging auf ihre Seite der Nische und setzte mich neben sie. Unsere Augen klammerten sich aneinander.

»Joe ...«

Ich legte meine Hand auf die samtweiche Haut an ihrem Hals. Ich fuhr langsam über ihre Brüste und hinunter zu ihren Schenkeln. Ich drückte sie an mich.

»Jetzt«, sagte ich, »jetzt sag noch mal, du willst kein Risiko eingehen.«

Vor der Bar stiegen wir in ein Taxi. Es waren nur drei Straßen bis zum *Collingwood*, aber wir hatten es zu eilig, um zu Fuß zu gehen.

Es war beinahe zu gut.

Vielleicht lag es an der Anspannung, daran, dass wir beide unbedingt etwas brauchten, das uns die Angst nahm und uns vergessen ließ, was wir so bald würden tun müssen. Vielleicht steckte auch ein Funken Moral in uns, der uns unsere verbotene Liebe so außergewöhnlich leidenschaftlich erleben ließ.

Was immer auch dafür verantwortlich war, ich war ganz und gar dafür.

Ich steckte Zigaretten für uns beide an und reichte ihr eine. Seite an Seite lagen wir da und rauchten, ohne ein Wort zu sagen. Ich war mit meiner Zigarette zuerst fertig und drückte sie aus. Sie brauchte ein paar Sekunden länger und warf den Stummel durch das offene Fenster hinaus.

»Vielleicht zünde ich damit New York an«, sagte sie. »Vielleicht brennt die ganze Stadt.«

»Vielleicht.«

»Oder vielleicht ist sie jemandem auf den Kopf gefallen.«

»Das glaube ich nicht. Vor dem Fenster ist ein Luftschacht. Dort unten läuft niemand.«

»Das ist gut«, sagte sie. »Ich möchte niemanden in Brand stecken.«

»Auch mich nicht?«

»Das ist etwas anderes.«

Ich küsste ihr Gesicht und ihren Hals. Sie legte sich lang auf den Rücken, schloss die Augen und schnurrte wie eine dicke Katze vor einem warmen Ofen. Ich streichelte sie, und sie schnurrte wieder.

»Wie, Joe?«

Und wir waren wieder da, wo wir begonnen hatten. Wieder bei dem Mord. Jetzt fiel es uns leichter, darüber zu sprechen. Vielleicht war unsere Liebe daran schuld. Vielleicht mussten wir uns erst davon überzeugen, wie sehr wir uns brauchten, um unsere Taten zu rechtfertigen.

»Joe?«

»Lass uns über Keith reden«, sagte ich. »Hat er sich in letzter Zeit irgendwie auffällig benommen?«

»Wie meinst du das?«

»Weil das Heroin verschwunden ist.«

»Ach so«, sagte sie. »In Atlantic City hat er sich über etwas Sorgen gemacht. Er ist immer noch etwas – wie soll ich sagen – ein bisschen durcheinander, meine ich.«

»Verständlich.«

Sie nickte langsam. »Aber er hat sich nicht verändert«, sagte sie. »Er läuft nicht nervös herum oder so. Er ist ganz der alte.«

»Das ist auch klar. Schließlich ist er kein Botenjunge, sondern der Chef. Er kann nur die Nachricht weitergeben, dann muss er warten, was passiert.«

»Wahrscheinlich.« Sie gähnte und streckte sich. »Also geht das Leben weiter. Er steht am Morgen auf und liest die Zeitung. Dann macht er sich an sein Kreuzworträtsel. Habe ich dir das erzählt? Er ist eine Art Kreuzworträtselfanatiker. Wenn er an einem arbeitet, ist er nicht ansprechbar. Jeden Morgen kommt die *Times*, dann beginnt immer das gleiche Ritual: zuerst der Wirtschaftsteil und dann das Kreuzworträtsel. Wenn er das Rätsel nicht lösen kann, macht ihm das nichts aus. Er wirft das verdammte Ding nicht weg, wie jeder andere normale Mensch. Er bleibt dabei, bis er es gelöst hat. Er schaut sogar im Lexikon nach. Hast du jemals gehört, dass einer das Kreuzworträtsel mit dem Lexikon löst? Er macht das so.«

Ich stellte ihn mir am Frühstückstisch vor, den Bleistift in der Hand, das Lexikon neben sich. Ich konnte ihn sehen, wie er nachdachte und die leeren Quadrate eins ums andere mit sauberen Buchstaben füllte. Natürlich benutzte er ein Lexikon, und natürlich gab er nicht auf, bevor er das Rätsel gelöst hatte. Das passte genau zu einem Typen wie ihm.

»Dann geht er ins Büro«, fuhr sie fort. »Montag, Mittwoch und Freitag geht er ins Büro.«

Ich sah auf. »Ich dachte, er hätte keinen festen Tagesplan.«

»Das hat er auch nicht. Manchmal arbeitet er an einem Dienstag oder einem Donnerstag, wenn er viel zu tun hat. Aber er geht fast jeden Montag, Mittwoch und Freitag ins Büro. Dann kommt er nach Hause, wir essen, und ein weiterer langweiliger Abend bei Mr. und Mrs. L. Keith Brassard nimmt seinen Lauf. Dann ist es Morgen, und ein neuer langweiliger Tag beginnt.«

»Ist heute ein langweiliger Tag?«

Sie grinste. Ihre Hand berührte mich, es war eine sehr sanfte Berührung. Ich wollte sie in die Arme nehmen.

»Nicht jetzt, Joe. Du wolltest mir den Plan erklären. Wie du ihn töten wirst.«

Wie *du* ihn töten wirst, nicht, wie *wir* ihn töten werden. Aber damals bemerkte ich den Unterschied kaum.

»Ich werde es dir nicht sagen.«

»Nein?«

Ich schüttelte den Kopf.

»Vertraust du mir nicht?«

Ich musste lachen. »Dir vertrauen? Wenn ich das nicht täte, wäre das alles sinnlos. Natürlich vertraue ich dir.«

»Dann sag es mir.«

»Das kann ich nicht.«

»Warum nicht?«

Zum Teil, weil ich es selbst nicht wusste. Aber das wollte ich ihr nicht sagen. Es gab noch einen Grund, und der musste ihr für den Augenblick genügen. »Die Polizei wird dich befragen«, sagte ich zu ihr. »Über alles und jeden, immer und immer wieder. Du hast Geld, gehörst zu einer guten Familie, bist eine wichtige Person – also werden sie kein grelles Licht und keine Gummischläuche einsetzen. Nicht die klassenbewusste Polizei von Westchester. Trotzdem ist er ein reicher, alter Mann, und du bist eine hübsche Frau. Also werden sie dich verdächtigen.«

»Ich werde ein Alibi haben.«

»Was du nicht sagst.« Ich holte mir noch eine Zigarette und steckte sie an. »Natürlich wirst du ein Alibi haben. Davon werden die Bullen von Anfang an ausgehen. Sie werden denken, es ist die ganz normale Nummer: Geliebter der Frau tötet reichen Ehemann. So eine Geschichte kann man fast jeden Tag auf Seite drei in der *Daily News* lesen. Sie werden ganz ruhig sein und höflich, ganz wie es der Knigge verlangt. Aber sie werden auf der Hut sein. Je mehr Fragen du ehrlich mit ›Ich weiß nicht‹ beantworten kannst, desto besser für uns beide. Je weniger du weißt, desto leichter kannst du diese Antwort geben. Also sag ich dir so wenig wie möglich.«

Sie schwieg. Sie sah mich nicht an, sondern starrte auf die Wand; wenigstens sah es so aus. Aber ich hatte das Gefühl, dass sie auch die Wand nicht sah, sondern durch sie hindurchblickte, hinaus ins Leere.

Ich fragte mich, was sie dort wohl sehen mochte.

»Joe«, sagte sie.

Ich wartete.

»Ich mache mir Sorgen. Ich habe versucht, vorher

nicht daran zu denken. Aber du hast recht: Fast jeden Tag steht so etwas auf Seite drei in der *Daily News*. Sie werden mich verhören.«

»Natürlich werden sie das.«

»Und wenn ich beim Verhör zusammenbreche und rede?«

»Red keinen Blödsinn.«

»Vielleicht ...«

Ich sah sie an. Sie zitterte. Es war kein gewöhnliches Zittern, aber ich sah es deutlich. Ich nahm sie in die Arme und massierte ihr den Nacken. Ich drückte sie an mich und streichelte sie, bis ich spürte, dass sie sich entspannte. Dann küsste ich sie und ließ sie los.

»Mach dir keine Sorgen, Mona.«

»Ist schon wieder in Ordnung. Ich habe nur ...«

»Ich weiß. Aber mach dir keine Sorgen. Sie werden dich nicht besonders hart rannehmen. Du weißt überhaupt nichts, vergiss das nicht. Du erzählst ihnen genau das, was du mir erzählst hast, als wir uns zum ersten Mal getroffen haben. Du weißt nicht genau, was Keith für Geschäfte macht. Soweit du das beurteilen kannst, hat er keine Feinde. Du kannst dir einfach nicht vorstellen, warum jemand ihn hatte töten wollen. Du begreifst das alles nicht. Er war dein Mann, und du hast ihn geliebt. Übertreibe die Sache mit der Trauer nicht, aber reagiere ganz normal. Wahrscheinlich wird es dir wirklich ein wenig leid tun, wenn alles vorüber ist, weißt du? Das ist eine ganz normale menschliche Reaktion. Zeige sie ruhig, aber übertreibe nicht.«

Sie nickte.

»Bleib ruhig«, sagte ich. »Das ist das Wichtigste.«

»Wann?«

Ich sah sie an.

»Wann wirst du es tun?«

»Ich weiß nicht.«

»Du weißt es nicht, oder willst du es mir nicht sagen?«

Ich zuckte die Schultern. »Ein bisschen von beidem. Wahrscheinlich diese Woche. Wahrscheinlich an einem der Tage, wenn er zur Arbeit fährt.«

»In seinem Büro?«

»Vielleicht. Vielleicht auch nicht. Geh nicht aus dem Haus, bis er auf dem Weg zur Arbeit ist. Verstanden?«

Sie nickte.

»Habt ihr ein Dienstmädchen oder so etwas?«

»Zwei Dienstmädchen. Warum?«

»Ich wollte es nur wissen. Bleib mit ihnen im Haus, wenn er losfährt zur Arbeit. Ist das klar?«

Ein Nicken.

»Und mach dir keine Sorgen. Das ist das Wichtigste. Wenn du ruhig bleibst, brauchst du dir um nichts in der Welt Sorgen zu machen.«

Ich drückte die Zigarette aus wie ein Insekt und dachte nach. Jetzt funktionierte mein Verstand, und die Dinge nahmen Gestalt an. Aus mir wurde eine Maschine, und das machte alles viel einfacher. Maschinen schwitzen nicht. Man legt einen Schalter um, bedient einen Hebel, und die Maschine tut das, wofür sie gebaut ist. Die Maschine namens Joe Marlin dachte jetzt nach. Mein Verstand arbeitete wie eine tickende Uhr.

»Was wir danach machen«, sagte ich, »darauf kommt es an. Wenn alles klappt, werden sie dich nicht besonders in die Mangel nehmen. Aber sie werden sich an dich erinnern. Sie werden den Mord ungelöst zu den Akten legen und den Fall offenlassen. Ich kann nicht, kaum dass er unter der Erde liegt, bei dir einziehen. Das wäre viel zu gefährlich.«

Sie schien wieder zu zittern.

»Der Skandal wird dir zu schaffen machen«, sagte ich. »Du bleibst eine Weile zu Hause, und dann gehst du zu einem Immobilienmakler. Du möchtest nicht mehr in Cheshire Point wohnen. Die Erinnerungen machen dir zu schaffen. Du fühlst dich dort nicht mehr wohl. Du möchtest weggehen und für eine Weile allein sein. Später wirst du dir dann überlegen, ob du ein anderes Haus kaufst.«

»Es ist ein schönes Haus ...«

»Hör mir einfach zu, okay? Du sagst ihm, er soll das Haus mit dem ganzen Mobiliar verkaufen. Tu nicht so, als ginge es dir um das Geld. Es wird genügend Geld da sein. Sag ihm, er soll eine Anzeige für das Haus aufgeben und dafür verlangen, was er für angemessen hält. Sag ihm, es hätte keine Eile, und er soll den Preis nach seinem eigenen Gutdünken festlegen. Dann buchst du in einem Reisebüro einen Flug nach Miami.«

»Miami?«

»Ja. Du fliegst etwa eine Woche nach dem Mord nach Miami. Vielleicht nach zehn Tagen. Du wirst sehr viel Geld haben – die Lebensversicherung, Geld von seinen Sparkonten. Du fliegst erster Klasse und quartierst dich im *Eden Roc* ein. Du bist eine Witwe, deren Mann auf schreckliche Weise zu Tode gekommen ist. Du willst es vergessen.«

»Ich verstehe.«

Ich steckte mir noch eine Zigarette an und sah, wie es in ihrem Kopf arbeitete. Sie war nicht dumm. Sie würde sich alles merken, was ich ihr sagte. Das war gut so. Denn wenn sie etwas vergaß, konnte es unangenehm für uns werden.

»Ich komme auch nach Miami Beach«, sagte ich. »Ich nehme mir ein Zimmer im *Eden Roc*. Denn gleich nach der Tat mache ich, dass ich wegkomme aus New York. Ich fahre nach Cleveland oder Chicago oder irgendwo sonst hin. Eine Woche später fliege ich nach Miami. Wir werden zwei Fremde sein, die zufällig im selben Hotel wohnen. Wir kennen einander nicht, sind an unterschiedlichen Tagen eingetroffen, kommen nicht einmal aus demselben Ort. Wir lernen uns kennen und freunden uns langsam an. Aus einer netten Bekanntschaft wird an solchen Urlaubsorten schnell mehr – und niemand dort macht sich groß Gedanken darüber. Wir unterhalten uns, verabreden uns, verlieben uns. Nichts wird uns mit Keith oder New York oder der Zeit vor Miami Beach in Verbindung bringen.«

»Ein neuer Anfang.«

»Du hast es erfasst. Und von da an tun wir, was wir wollen. Vielleicht reisen wir. Eine Weltreise. Europa, die Riviera, die ganze Tour. Wir werden zusammen sein, eine Welt voller Geld und das Leben vor uns, und wir können alles genießen.«

»Das klingt gut.«

»Das ist auch so gut, wie es klingt«, sagte die Maschine. »Und jetzt wiederhole genau, was ich dir gesagt habe.«

Ein Tonbandgerät hätte es nicht besser wiedergeben können. Ich hörte mir alles an, sprach ein oder zwei Einzelheiten noch einmal mit ihr durch. Dann sagte ich ihr, sie solle jetzt gehen. Wir standen auf und zogen uns an. Ich sah ihr zu, wie sie das unschuldige Kleid überstreifte, und hatte gute Lust, es ihr wieder herunterzureißen. Doch dafür war später noch Zeit. Viel Zeit.

Ich richtete gerade meine Krawatte, als ich sie lachen hörte. Ich drehte mich um und sah sie an. Sie war vollständig angezogen und stand neben mir. Ich musterte sie. Sie hatte sich das Haar gekämmt.

Sie blickte auf meine Füße.

»Was ist denn so komisch?«

Sie lachte immer noch. Ich blickte an mir hinunter und verstand nicht, was sie so belustigte. Meine Socken passten zueinander. Ich trug gute braune Lederschuhe, die ich erst gestern oder so hatte polieren lassen.

Sie sah auf und versuchte, ihr Lachen unter Kontrolle zu bringen. Ich fragte sie noch einmal, und sie kicherte.

»Die Schuhe«, sagte sie. »Du trägst seine Schuhe. Er lebt noch, und schon trägst du seine Schuhe.«

Ich sah die Schuhe an und dann sie. Sie hatte natürlich recht. Es waren seine Schuhe aus dem Koffer. Sie passten ausgezeichnet, und ich hatte keinen Grund, sie wegzuwerfen. Ich stand ein wenig unsicher da und wusste nicht recht, wie ich reagieren sollte. Dann fing ich auch zu lachen an. Auf eine Art war es witzig. Wir lachten, bis es nicht mehr witzig war, und dann ging ich mit ihr zur Tür.

»Du wirst Geld brauchen«, sagte sie.

»Ja, wahrscheinlich.«

»Ich habe Geld zurückbehalten, seit wir aus Atlantic City zurück sind«, sagte sie. »Zuhause hatte ich auch noch welches. Ich habe es mitgebracht. Fast hätte ich vergessen, es dir zu geben. Ich weiß nicht, wie lange es reichen wird, aber du wirst schon etwas damit anfangen können.«

Sie gab mir den Umschlag. Sein Name und seine Adresse waren links oben in der Ecke aufgedruckt. Ich beschloss, den Umschlag sofort zu vernichten.

»Du rufst mich nicht noch einmal an?«

Ich schüttelte den Kopf.

»Und wir werden uns nicht sehen?«

»Erst wenn es vorüber ist.«

»Und wenn etwas passiert – wie kann ich dich dann erreichen?«

»Was könnte denn passieren?«

»Ein Notfall.«

Ich überlegte. »Es wird keinen Notfall geben«, sagte ich. »Und wenn, dann wird es eh nichts nützen, wenn wir miteinander in Verbindung treten.«

»Hast du Angst, dass ich dir die Polizei auf den Hals jage?«

»Red keinen Unsinn.«

»Dann …«

»Ich weiß nicht, wo ich sein werde«, sagte ich. »Und sollte wirklich etwas Unvorhergesehenes passieren, dann bringt es auch nichts, wenn du mich erreichen kannst. Tu nur, was ich dir gesagt habe. Das ist alles.«

Sie trat von einem Fuß auf den anderen. Der Moment war fast peinlich.

»Also«, sagte sie, »wir sehen uns in Miami.«

Ich nickte unbeholfen und griff nach ihr. Sie fiel beinahe gegen mich, und meine Arme umfassten sie. Ich weiß nicht, ob der Kuss ein Zeichen der Liebe oder ein Vertrag war, der mit Lippenstift anstatt mit Blut besiegelt wurde. Ich ließ sie los, und wir starrten einander an.

»Es war schön heute«, sagte sie. »Es wird mir schwerfallen, einen Monat auf dich zu warten.«

Dann war sie weg. Ich blickte ihr nach und schloss die Tür. Ich setzte mich auf das Bett und riss den Umschlag auf. Ich verbrannte ihn in einem Aschenbecher, auch wenn ich mir dabei etwas melodramatisch vorkam. Die Asche spülte ich in die Toilette. Dabei fühlte ich mich noch melodramatischer. Dann zählte ich das Geld.

Es war eine ganze Menge. Über siebenhundert Dollar. Es war nicht viel, wenn man überlegte, dass ich eine Fahrkarte nach Chicago oder Cleveland und einen Flug nach Miami davon bezahlen musste. Es war nicht viel, verglichen mit den Kosten, die im nächsten Monat auf mich zukamen. Aber es waren siebenhundert Dollar. Damit konnte ich allerdings eine ganze Menge anfangen.

Dann fiel mir etwas auf. Zum zweiten Mal hatte Mona mir einen Umschlag mit Geld übergeben. Und beide Male war es gewesen, kurz nachdem wir uns geliebt hatten.

Das störte mich.

7

Der Montagabend war langweilig. Ich aß zu Abend, saß in meinem Zimmer im *Collingwood* herum und wartete darauf, dass die Zeit verging. Ich dachte an sie und an ihn und an mich selbst und überlegte, wie ich vorgehen würde. Vor ihr hatte ich so getan, als sei alles klar. Sie sollte mich für den Wunderknaben halten, der alles drauf hatte. Aber mir selbst konnte ich nichts vormachen. Ich war ein Novize, was das Morden betraf.

Immer wieder überlegte ich, und immer wieder kam etwas Falsches heraus. Meine Gedanken drehten sich immer um dieselbe Frage: Ich wollte einen Mann töten und nicht geschnappt werden. Dafür gibt es ein paar Standardmethoden. Ich ging eine nach der anderen im Kopf durch, aber keine passte.

Ich konnte es so anstellen, dass es wie ein Unfall aussah. Das Unangenehme an dieser Methode ist, dass nichts, aber auch gar nichts schiefgehen darf. Wenn man einen Unfall oder einen Selbstmord vortäuscht, genügt ein Fehler, und das Spiel ist aus. Ein Fehler, und es ist kein Unfall und kein Selbstmord mehr. Es ist ein Mord, und du bist der Mörder.

Die Bullen sind zu gut. Die Kriminallabors sind zu gut. Ich konnte dem fetten Schweinehund eins über den Schädel ziehen, ihn in seinen Wagen laden und ihn über die nächste Klippe schieben. Doch dann fingen die Schnüffler an zu schnüffeln. Ich hatte sicher irgendwo einen Fingerabdruck hinterlassen. Oder irgendein Knilch fand heraus, dass man ihm eins über den Kopf gegeben hatte, bevor er die Klippe hinuntergefallen war. Oder tausend andere Dinge.

Oder ich konnte mir eine Pistole besorgen und ihm den Lauf in den fetten Mund stecken, seine lausige Hand um den Abzug legen, für ihn abdrücken und sein Gehirn gegen die nächste Wand spritzen lassen.

Etwas würde schiefgehen, irgendetwas, irgendwo. Und jemand würde bestimmt herausfinden, dass es kein Selbstmord war.

Dann holten sie sich Mona und nahmen sie in die Zange. Am Anfang würde sie es gut aushalten. Sie würde sich nichts von ihnen gefallen lassen.

Eine Weile lang.

Aber sie würden nicht lockerlassen, weil es Mord war und sie die einzige Verdächtige. Sie würden sie immer härter rannehmen. Und bevor die Bullen aufgaben, würde sie zusammenbrechen. Vielleicht würde sie kein Geständnis ablegen. Aber sie würden meinen Namen aus ihr herausquetschen und mich schnappen. Dann würden sie uns gegeneinander ausspielen. Sie würden uns Angst einjagen und halb verrückt machen. Daran würden wir schließlich zerbrechen.

Im Staat von New York gilt die Todesstrafe. Sie benutzen den elektrischen Stuhl. Kaltblütig geplanter Mord wird immer mit dem elektrischen Stuhl bestraft, es sei denn, die Geschworenen lassen ein Gnadengesuch zu.

Sie würden kein Gnadengesuch zulassen, nicht bei uns.

Ich zählte alles zusammen, aber jedes Mal endete ich bei der Todesstrafe. Ich ging das Ganze von jedem möglichen Gesichtspunkt aus durch, immer wieder, aber ich fand keine Lösung. Es war nicht fair. Er hatte sie und das ganze Geld, und ich wollte beides.

Es musste einen Weg geben.

Ich legte mich schlafen und träumte davon. Die furchtbaren Träume quälten mich fast die ganze Nacht. Es wurde immer schlimmer, weil sie einander so ähnlich waren – Träume, in denen ich rannte, mit oder ohne Mona, in denen ich wie vom Teufel besessen davonrannte und nicht von der Stelle kam. Meistens rannten wir durch einen rabenschwarzen Tunnel, und etwas entsetzlich Angsteinflößendes jagte uns und kam immer näher. Dann erreichten wir das Ende des Tunnels, und die Dunkelheit wich, und da war ein Teich und grünes Gras und ein Picknicktisch. Das furchtbare Wesen hinter uns packte uns, gerade als wir uns der Mündung des Tunnels näherten. Ich fand nie heraus, was der Verfolger uns antun wollte, denn jedes Mal erwachte ich schweißgebadet genau in diesem Augenblick.

Um acht Uhr dreißig stand ich auf. Ich hatte eine neue Idee. Sie nahm Gestalt an, als ich auf dem Bettrand saß und die erste Zigarette des Tages zwischen meinen Fingern verglühte. Es war eine interessante Idee, und sie berücksichtigte den einen springenden Punkt, an den ich am Tag zuvor nicht gedacht hatte.

Brassard war ein Verbrecher.

Ich erinnerte mich an das, was Mona gesagt hatte.

Wir brauchen ihn nicht zu töten, Joe. Wir können ihm das Heroin unterschieben und zusehen, wie sie ihn ins Gefängnis stecken.

Aber so würde es nicht klappen. Ich hatte ihr einen ganzen Waschkorb voll Argumente gegen diesen Vorschlag überreicht. Nie im Leben würde das funktionieren.

Etwas anderes vielleicht schon. Solange Brassard lebte, konnte man ihm nichts unterschieben.

Doch wenn er tot war, sah die Sache ganz anders aus.

Ich saß da und spielte es im Kopf durch. Ab und zu verstrickte ich mich in unüberwindliche Probleme und musste wieder von vorn anfangen. Doch irgendwann lösten sich alle Probleme wie von selbst. Je mehr ich darüber nachdachte, desto besser wurde es. Als der Plan beinahe perfekt war, ging ich ins Bad, um zu duschen und mir die Zähne zu putzen.

Unter der Dusche sang ich.

Ich zog ein sauberes weißes Hemd, eine Krawatte und einen Anzug an. In einem Café gegenüber vom Hotel aß ich Rührei zum Frühstück und trank zwei Tassen schwarzen Kaffee. Ich ging zur Vierunddreißigsten Straße hinüber und stieg dort in einen Bus Richtung Third Avenue. Der Bus war überfüllt. Ich musste die ganze Strecke stehen. Aber das machte nichts.

Ich war auf dem Weg zu einem Pfandleiher, allerdings nicht zu dem, bei dem ich meine Koffer versetzt hatte. Dieser Laden lag an der Zweiunddreißigsten Straße, Ecke Third Avenue. Es war eine Bruchbude mit den unvermeidlichen drei Goldkugeln über dem Eingang. Der Besitzer war ein kleiner, unauffälliger Mann mit einer randlosen Brille und tiefen Furchen in der Stirn. Er hieß Moe Rader und war ein Hehler.

Als ich hineinkam, war ein Junge im Laden. Er wollte Moe eine Uhr verkaufen. Ich tat so, als schaute ich mir ein Saxophon an, während sie um den Preis feilschten. Der Junge ließ sich schließlich auf zehn Mäuse ein. Ich wartete, dass er sein Geld nahm und nach Hause ging, und fragte mich, wem die Uhr wohl gehört hatte und wie viel sie wirklich wert war.

Dann verschwand der Junge endlich.

»Ich möchte eine Waffe«, sagte ich.

»Ein Gewehr, eine Handfeuerwaffe oder eine Schrotflinte?«

»Einen Revolver, eine 38er oder ein ähnliches Kaliber.«

»Sie haben einen Waffenschein, nehme ich an?«

Ich schüttelte den Kopf. Er lächelte traurig. Man konnte seine Goldplomben dabei sehen. »Wenn Sie keinen Waffenschein haben, kann ich Ihnen auch keine Waffe verkaufen.«

Er schlug einen Ton an, mit dem man einem kleinen Kind etwas erklärt.

Ich sagte nichts.

»So lautet das Gesetz«, sagte er.

Ich sagte immer noch nichts. Ich holte meine Brieftasche und nahm zwei Fünfziger heraus, die ich auf die Theke legte. Er sah zuerst mich, dann das Geld und dann wieder mich an. Er wollte wissen, wer ich war.

»Namen«, sagte ich. »Augie Manners, Bunny DiFacio, Ruby Crane. Namen.«

»Kennen Sie diese Männer?«

Ich nickte bedächtig.

»Erzählen Sie mir etwas über sie.«

Ich nannte ihm die Namen von zwei Nachtclubs, die inoffiziell im Besitz von August Manners waren. Ich sagte ihm, wann Bunny DiFacio nach Dannemorra fuhr und warum. Ich wollte ihm noch etwas über Ruby Crane erzählen, doch er hob die Hand.

»Das genügt«, meinte er. »Bitte kommen Sie nach hinten.«

Ich ging an ihm vorbei ins Hinterzimmer. Er schob den Riegel vor die Ladentür und ließ die Jalousien herunter. Dann kam er mir nach, suchte auf einem Regal herum und brachte schließlich eine 38er Smith & Wesson zum Vorschein. Genau, was ich verlangt hatte.

»Ist diese Waffe irgendwo polizeilich registriert?«

Wieder lächelte er sein trauriges Lächeln. »Vielleicht«, sagte er. »Ein junger Bursche hat sie im Handschuhfach eines Wagens gefunden. Er hat sie mir verkauft. Der ehemalige Besitzer hat es vorgezogen, den Diebstahl nicht der Polizei zu melden. Wissen Sie, wir bekommen regelmäßig eine Liste von Diebesgut, und ich habe die Liste sorgfältig überprüft. Ich habe den Verdacht, dass diese Waffe nie registriert wurde. Wollten Sie das wissen?«

Das war es, was ich wissen wollte. Die Waffe war sauber. Man konnte sie nicht zu Moe und auch nicht zu mir zurückverfolgen.

»Ich brauche Munition«, sagte ich.

»Eine Schachtel?«

»So viel, wie man braucht, um den Revolver zu laden. Sechs Kugeln.«

»Sie wollen sie nur einmal benutzen?«

Ich gab darauf keine Antwort. Er rechnete offenbar auch nicht damit. Stattdessen steckte er ein Dutzend Kugeln in einen kleinen Beutel aus Stoff, etwa von der Art, wie der Beutel, in dem man Bull-Durham-Tabak kauft. Er legte den Beutel in eine kleine Schachtel und reichte sie mir.

Ich verließ den Laden, ohne mich zu verabschieden.

Ich hatte einen Revolver mit Munition, und er hatte zwei Fünfzigdollarscheine. So einfach war das.

Wieder saß ich auf dem Bettrand. Die Waffe und die Munition lagen sicher verstaut zwischen ein paar Hemden in der Schublade. Ich überlegte wieder. Langsam wurde es mir zur Gewohnheit.

Wenn wir einen Unfall vortäuschten, kamen wir dran. Wenn wir einen Selbstmord vortäuschten, kamen wir auch dran.

Also mussten wir einen Mord vortäuschen.

Respektable Bürger aus Westchester fallen nicht oft einem Mord zum Opfer. Wenn doch, und wenn es alte Männer mit jungen Frauen sind, dann kann man sich leicht ausmalen, warum sie umgebracht wurden und von wem.

Aber bei Verbrechern ist das etwas anderes. Verbrecher werden dauernd umgelegt, aus tausenderlei Gründen. Und Verbrecher werden von Profis umgelegt. Sie werden von Killern abgeknallt, die aus einer fremden Stadt für diese Aufgabe eingeflogen werden und die wieder verschwinden, wenn die Arbeit getan ist. Morde unter Gangstern werden nicht aufgeklärt. Morde unter Gangstern sind perfekte Verbrechen. Die Bullen reißen sich kein Bein aus, um den Killer zu finden. Für sie wäre das Zeitverschwendung.

L. Keith Brassard war in gewisser Hinsicht ein ehrenwerter Bürger. In gewisser Hinsicht war er ein Verbrecher.

Ich musste den Verbrecher töten. Ich musste dafür sorgen, dass es wie ein Mafiamord aussah, von einem Profikiller geplant und ausgeführt. Ich besaß eine nicht registrierte Waffe, die man nicht zurückverfolgen konnte. Das war der erste Schritt.

Andere Schritte mussten noch getan werden. Doch danach war es einfach. Die Tat würde nicht auf Seite drei in der *Daily News* erscheinen, sondern auf der Titelseite. In dem Artikel würde stehen, dass ein Krimineller, der sich hinter einer bürgerlichen Maske in Westchester versteckt hatte, von seinen Komplizen umgelegt worden sei. Die Welt würde die Witwe in Frieden lassen. Man würde Mitleid mit ihr haben.

Sie würden sie mir überlassen.

Ich zog die Schublade auf, schaute mir den Revolver noch einmal an und lächelte. Ich verließ das Hotel und aß zu Mittag. Gegen drei Uhr nachmittags beschloss ich, Brassards Büro anzurufen und festzustellen, ob er da war. Ich suchte in meiner Brieftasche nach seiner Nummer und erinnerte mich nicht, ob ich sie überhaupt notiert hatte. Aber ich hatte sie nicht notiert, dafür fand ich vier andere Nummern, die ich ein paar Minuten lang anstarrte. Dann fiel mir ein, dass ich sie von einem Zettel in Brassards Büro kopiert hatte.

Ich rief sie der Reihe nach aus einer Telefonzelle an. Bei den ersten beiden meldete sich niemand. Die dritte war eine Bar an der East Side irgendwo zwischen der Sechzigsten und Siebzigsten Straße. Die vierte war ein griechischer Nachtclub in Chelsea. In beiden Fällen legte ich auf.

Wahrscheinlich waren die Nummern Briefkästen, Kontakte für Brassards Heroingeschäft. Das brachte mich nicht viel weiter. Es bestätigte mir nur, dass Brassard in der Branche tätig war, doch das wusste ich ohnehin schon. Ich wollte das Papier schon zerreißen, überlegte es mir dann aber anders und schob es wieder in die Brieftasche.

Seine Nummer fand ich in einem Telefonbuch. Ich wählte WOrth 4-6363 und ließ es endlos klingeln.

Dann legte ich auf und ging wieder auf mein Zimmer. Mit meinem Taschenmesser bearbeitete ich das Schloss des Aktenkoffers. In weniger als einer Minute hatte ich es geöffnet.

Die Kassette war noch da.

Ich sah sie mir an, zitterte ein wenig dabei, legte sie zurück in den Koffer und verschloss ihn wieder. Das Taschenmesser steckte ich wieder ein und schnappte mir den Koffer.

Mir zitterten die Knie, als ich all das Heroin in der U-Bahn bei mir trug. Aber ich schaffte es.

Ich stieg im fünften Stock aus dem Lift, ganz der aufstrebende, junge Geschäftsmann. Mein Anzug war frisch aus der Reinigung, meine Krawatte saß gerade, und den Aktenkoffer hielt ich, als würde ich nie etwas anderes mit mir herumtragen. Die Tür drüben bei der Zenith Jobagentur stand offen, aber niemand beobachtete mich.

Ich verschaffte mir Eintritt in Brassards Büro, schloss die Tür hinter mir und sah mich um. Das Büro war unverändert. Ich überprüfte alles sorgfältig. Das Einzige, was fehlte, war der Zettel mit den vier Telefonnummern. Ich dachte eine Weile darüber nach und beschloss, die Sache perfekt zu machen. Ich fand einen Bleistift in einer Schublade, holte den Zettel aus meiner Brieftasche und kopierte die Nummern auf seinen Notizblock. Dabei bemühte ich mich, seine Handschrift so gut wie möglich nachzuahmen.

Dann öffnete ich den Koffer wieder. Ich nahm die kleine Kassette mit Heroin liebevoll heraus und stellte sie auf den Schreibtisch. Dann zog ich eine Schublade auf und holte vier unbeschriebene weiße Umschläge hervor. In jeden schüttete ich so viel Heroin, bis er zu einem Drittel voll war. Ich klebte sie zu, legte drei in die Schublade in der Mitte des Schreibtisches und klemmte einen zwischen den Tintenabroller und die lederne Schreibgarnitur, in der der Tintenroller untergebracht war. Ich ließ eine Ecke des Umschlags herausschauen. Dann öffnete ich eine der unteren Schubladen, stellte die Kassette mit dem Heroin hinein und schob sie nach hinten.

Auf diese Weise, so überlegte ich, mussten sie eine Weile suchen, doch sie konnten es unmöglich nicht finden. Es war eine Art Schnitzeljagd für kleine Kinder. Der erste Umschlag lag direkt vor ihren Augen. Kein Detective konnte ihn übersehen. Die anderen drei waren in der mittleren Schublade, der ersten, in der sie nachsehen würden. Dann würden sie natürlich das Büro von oben nach unten umstülpen, die Kassette finden, und das Spiel war vorbei.

In diesem Augenblick klingelte das Telefon.

Ich merkte, dass ich grün im Gesicht wurde. Ich zuckte von dem Schreibtisch zurück, als wäre er elektrisch geladen. Ich presste mich aus keinem vernünftigen Grund flach an die Wand und zählte mit, wie oft es klingelte.

Es klingelte zwölf Mal.

Jemand versuchte ihn zu erreichen; jemand, der ziemlich sicher war, dass er da war. Es sei denn, jemand hatte sich verwählt. Diese Möglichkeit gab es immer. Es konnte eine falsche Nummer sein.

Dann fing es wieder zu klingeln an.

Kurz zuckte mir die Vorstellung durch den Kopf – was wäre, wenn Brassard jetzt ins Büro kam und das Heroin entdeckte? Meine Knie fingen wieder an zu zittern. Die Umschläge waren ein netter Einfall, aber ich konnte es nicht riskieren. Ich nahm den einen vom Schreibtisch und holte die drei anderen aus der Schublade. Ich stopfte sie mir in die Taschen und betete, dass er nicht in die unterste Schublade schauen würde.

Und die Bullen sollten natürlich dort nachsehen.

Ich sah mich noch einmal um und stieß ein letztes Stoßgebet aus, dann verließ ich das Büro und drückte den Knopf für den Lift.

Auf der anderen Straßenseite war ein Stand mit Fruchtsäften. Ich fand einen freien Hocker, bestellte mir einen Hot Dog und ein Glas Piña Colada und blickte zum Eingang des Bürogebäudes hinüber. Es war beinahe fünf, und ich ärgerte mich schon, dass ich so in Panik geraten war. Ich hätte die Umschläge dort lassen sollen. Er kam nicht mehr ins Büro, nicht um diese Zeit.

Ich blickte hinunter zu meinem Aktenkoffer. Es befand sich gar kein Heroin mehr darin. Dafür hatte ich jetzt die Taschen voller Heroin. Eine ganze Menge sogar.

Ich machte mich über meinen Hot Dog her und trank die Piña Colada mit einem Strohhalm. Dabei ließ ich den Eingang nicht aus den Augen, sah den Mädchen nach, die nach Hause gingen, beobachtete, wie die Putzfrauen anfingen, planlos die Böden zu wischen.

Dann hielt ein Taxi vor dem Gebäude, und er stieg aus. Er bezahlte, und das Taxi fuhr weiter. Meine Augen folgten ihm, bis er durch die Tür verschwunden war.

Er blieb fünfzehn Minuten in seinem Büro.

Es war eine nervenaufreibende, magenverkrampfende Viertelstunde. Zu allem Überfluss musste ich meine Anwesenheit an dem Verkaufsstand noch rechtfertigen, indem ich zwei weitere Hot Dogs verdrückte und noch mehr Piña Coladas trank. Das Essen blieb mir fast im Hals stecken.

Aber das Warten war schlimmer, das Warten und meine Angst, was er wohl finden und was er wohl denken würde und was für Fehler ich gemacht hatte. Während ich wartete, kam mir der Gedanke, dass sich in diesen fünfzehn Minuten mein Schicksal entschied.

Als er herauskam, sah er aus wie zuvor. Ich fragte mich, ob er sich Sorgen machte oder ob ich mir Sorgen machen sollte. Was sollte ich machen, wenn er die Kassette entdeckt hatte? Denn dann musste ich den Plan aufgeben. Wenn meine Falle jetzt schon aufgeflogen war, blieb mir nur eins: aufgeben, New York verlassen und Mona vergessen. So schwer konnte das eigentlich nicht sein. Ich hatte schon viele Städte hinter mir gelassen und viele Frauen vergessen. Man stand einfach auf und ging.

Ich dachte an sie, wie sie war und wie es war, bei ihr zu sein. Und ich wusste, dass ich nicht gehen, dass ich nicht aufgeben konnte. Wir mussten die Sache durchziehen, ganz gleich, was geschah.

Ich sah zu, wie er in ein Taxi stieg und wegfuhr. Ich schlürfte meine Piña Colada und atmete die abgestandene Luft ein. Dann ging ich über die Straße, zurück in das Gebäude und fuhr hoch in den fünften Stock.

Wieder öffnete ich die Tür mit dem Taschenmesser, allmählich hatte ich es satt. Ich zog die Schublade auf und schaute nach. Er hatte das Heroin nicht gefunden. Die Kassette war noch da, wahrscheinlich hatte er die unterste Schublade überhaupt nicht geöffnet.

Die ganze Anspannung der letzten halben Stunde löste sich in mir. Ich griff in meine Taschen, holte die vier Umschläge heraus und verstaute sie wieder an ihre ursprünglichen Plätze. Ich sah auf den Notizblock. Die Nummern waren nicht mehr da; er hatte das oberste Blatt zerrissen.

Ich seufzte. Wir trieben ein seltsames kleines Spiel miteinander. Ich holte meine Brieftasche heraus, fand den Zettel wieder und notierte die Nummern erneut auf seinem Block.

Dann wischte ich wieder alle möglichen Fingerabdrücke ab, verließ das Büro und das Gebäude. Langsam kam ich mir vor, als wäre es mein Büro. Zum Teufel, schließlich hatte ich mehr Zeit darin verbracht als er.

Ich ging ein paar Straßen entlang und warf schließlich den Aktenkoffer in eine geeignete Abfalltonne. Ich brauchte ihn nicht mehr. Schließlich musste ich kein Heroin mehr durch die Stadt tragen. Ich hatte es dem Richtigen untergeschoben.

Ein Vermögen in Heroin. Ich fand allmählich Vergnügen an meinem Plan, auch wenn er einer teuren Investition bedurfte.

Ich war zu müde, um mit der U-Bahn zu fahren, winkte einem Taxi und sank erschöpft in die Polster. Es war ein anstrengender Tag gewesen; wahrscheinlich zu anstrengend. Ich fragte mich, wie wohl die nächsten paar Tage sein würden. Wahrscheinlich nicht weniger anstrengend.

Dann dachte ich noch einmal über diese vier Telefonnummern nach. Der Schweinehund kannte wahrscheinlich seine eigene Schrift. Wahrscheinlich erinnerte er sich daran, dass er den Zettel mit den Nummern schon einmal zerrissen hatte, und wusste ganz genau, dass er sie nicht ein zweites Mal aufgeschrieben hatte. Wahrscheinlich war er argwöhnisch geworden, und das war gut so.

Vielleicht geriet er in Panik. Vielleicht rief er ein paar Leute an und sagte ihnen, dass ihm komische Dinge passiert waren. Auch das war in Ordnung. Umso plausibler würde alles andere erscheinen.

Denn ganz gleich, was geschah: Er würde heute Abend nicht mehr in sein Büro zurückkehren. Er würde nach Hause fahren zu Mona. Und diese vier kleinen Telefonnummern würden am nächsten Tag wieder da sein.

Ich musste dafür sorgen, dass *er* nicht mehr da war.

8

Nach dem Abendessen packte ich meinen Koffer und checkte aus dem *Collingwood* aus. Ich fand ein Schließfach im Grand Central und schob den Koffer hinein. Der geladene Revolver blieb in meiner Jackentasche. Er beulte die Jacke lächerlich aus und rutschte beim Gehen immer wieder auf und ab. In der Toilette des Zuges nach Scarsdale steckte ich die Waffe deshalb in meinen Hosenbund. Nun kam ich mir gleich viel professioneller vor, doch ganz geheuer war es mir nicht. Ich hatte Angst, das Ding könnte plötzlich losgehen, und dann würde ich Mona nicht mehr sehr viel nützen. Ich versuchte, an angenehmere Dinge zu denken.

Als wir Scarsdale erreichten, fing ich innerlich an zu zittern. Ich musste noch so viel Zeit totschlagen, und ich wusste nicht wie. Vielleicht war mein Plan doch nicht so gut. Ich hätte die Nacht auch noch im *Collingwood* bleiben und dann mit einem Frühzug herausfahren können. An Schlaf war nicht zu denken, aber ich hätte mich dort noch eine Nacht ausruhen können. Doch es hätte einfach zu viel schiefgehen können. Ich musste mir noch einen Wagen besorgen. Wäre ich morgens gefahren, hätte ich deshalb in Westchester eintreffen müssen, solange es noch dunkel war. Und es war viel sicherer, wenn ich mit einem vollen Zug ankam, weshalb ich auf keinen Fall einen Zug um vier Uhr früh hätte nehmen können. Mein Plan war perfekt durchdacht, trotzdem fühlte ich mich nicht wohl dabei.

Einen Block vom Bahnhof entfernt entdeckte ich ein Kino, zahlte meinen halben Dollar und ging hinein, um mich hypnotisieren zu lassen. Ich setzte mich in eine der hinteren Reihe und versuchte, mich an das Gefühl des Revolvers in der Hose zu gewöhnen. Das Metall war jetzt nicht mehr kalt. Es hatte meine Körpertemperatur angenommen, und ich trug die Waffe jetzt schon so lange bei mir, dass sie mir wie ein Teil von mir selbst erschien. Ich starrte auf die Leinwand und ließ die Zeit verstreichen.

Ich schaute mir den Film mindestens zweimal an, was mir problemlos gelang. Auf die Geschichte konnte ich mich eh nicht konzentrieren, mit den Gedanken war ich ganz woanders. Selbst beim zweiten Mal ging die Handlung des Films völlig an mir vorbei. Für mich war der Film ein durch und durch anonymer und ziemlich harmloser Zeitvertreib. Nach Mitternacht war die letzte Vorstellung zu Ende, und ich folgte der Menschenmenge auf die leeren Straßen von Scarsdale.

Jetzt begann es einfacher zu werden. Das Kino hatte mich in die Maschine verwandelt, die ich sein musste. Gänge wurden eingelegt, Knöpfe gedrückt und Schalter umgelegt. Ich fand eine Bar. Bars haben immer länger offen als Kinos, vielleicht weil das Auge weniger verträgt als die Leber. Ich setzte mich abseits auf einen Hocker am Ende der Bar und trank ein Bier ums andere, bis auch dieses Lokal schloss. Niemand redete mit mir. Ich war allein, und hier verkehrten Leute, die jede Nacht in dieser Bar zusammen saßen. Das hätte mir gefährlich werden können. Allerdings war ich überzeugt, dass sie sich nicht an mich erinnern würden, denn sie hatten überhaupt keine Notiz von mir genommen.

Die Bar schloss gegen vier, was mir recht war. In einem Imbiss, der die ganze Nacht offen hatte, aß ich einen Hamburger, den ich mit ein paar Tassen Kaffee hinunterspülte. Es war fast auf die Minute genau vier Uhr dreißig, als ich die Imbissstube verließ. Das war etwa die richtige Zeit.

Das Wetter war mild, am Horizont zog die Morgendämmerung herauf. Die Luft war frisch und sauber, ganz anders als die abgestandene New Yorker Luft. Nur der Hauch von schlechten Gerüchen erinnerte einen daran, dass man sich in einem Vorort und nicht auf dem Land befand. Der Himmel wurde heller, in höchstens einer Stunde würde die Sonne aufgehen. Es waren keine Wolken zu sehen. Ein wirklich prächtiger Tag lag vor uns.

Ich bog von der Hauptstraße in eine Seitenstraße ein, von dieser wandte ich mich in eine zweite Seitenstraße. Es war nicht gerade eine schlechte Gegend. Nicht das reiche Scarsdale, sondern das mittelständische Scarsdale – ganz gewöhnliche Einfamilienhäuser, die nur deshalb um die fünfundzwanzigtausend kosteten, weil sie in Scarsdale lagen. Bäume davor, Hecken, so wie Angestellte und Büroarbeiter eben wohnen. Ich musste ziemlich lange in der Gegend herumspazieren, weil die meisten Leute ihre Autos in der Garage hatten. Dann fand ich, was ich suchte.

Auf der linken Straßenseite parkte ein grüner Mercury direkt am Gehweg. Auf der rechten Seite stand ein schwarzer Ford, der vielleicht ein Jahr alt war. Ich hatte es auf den Ford abgesehen, und zwar aus dem Grund, warum ihn sich auch der professionelle Killer, der ich ja vorgab zu sein, ausgewählt hätte. Es war ein ganz gewöhnliches, unauffälliges Auto. Wenn man einen Wagen stiehlt, um einen Mord zu begehen, dann immer einen schwarzen Ford. Das ist eine der Spielregeln.

Es gab nur ein Problem. Der Besitzer des Fords konnte zu früh aufwachen. Wahrscheinlich fuhr er jeden Morgen mit dem Wagen nach New York und stand so gegen sieben auf. Wenn er dann den Bullen meldete, dass sein Wagen nicht mehr da war, ging die Suche nach dem Ford zu früh für meine Zwecke los.

Das brachte den Mercury ins Spiel.

Ich arbeitete schnell, schraubte die Kennzeichen von dem Mercury ab, trug sie zu dem Ford hinüber, schraubte dessen Kennzeichen ab und befestigte an ihrer Stelle die des Mercury. Dann ging ich zurück über die Straße und brachte die Ford-Kennzeichen am Mercury an. Das klingt kompliziert – dabei tauschte ich natürlich nur die Kennzeichen der beiden Wagen aus. Doch das würde für einige Verwirrung sorgen, die mir Zeit einbrachte. Der Besitzer des Fords würde zwar seinen *Wagen* als gestohlen melden, doch der Mercury-Besitzer würde nicht melden, dass man ihm die *Kennzeichen* gestohlen hatte. Die Chancen standen gut, dass er den Diebstahl ziemlich lange überhaupt nicht bemerken würde. Wie oft schaut man schon auf seine Kennzeichen, wenn man in sein Auto steigt?

Selbst wenn also irgendein neunmalkluger Bulle mich in dem gestohlenen Ford anhielt, hatte der Wagen das falsche Kennzeichen. Das konnte mir einen Vorteil bringen, vielleicht aber auch nicht. Aber ich riskierte ohnehin schon sehr viel. Deshalb musste ich jede Chance nutzen, die sich mir bot, um das Risiko, geschnappt zu werden, zu verringern.

Ich wischte beide Kennzeichen mit dem Taschentuch ab und zog dann ein Paar gewöhnliche Gummihandschuhe an, von der Art, wie sie in jedem Haushaltswarengeschäft verkauft werden. Ich hatte sie mir besorgt, ehe ich New York verließ, und jetzt kamen sie mir sehr gelegen. Es waren gute Handschuhe. Ein Chirurg hätte damit nicht operieren können, aber sie waren so dünn, dass ich noch ein Gefühl in den Händen hatte. Ich sah mich sorgfältig um, schickte ein Stoßgebet zum Himmel und öffnete die Tür des Fords. Ich nahm hinter dem Steuer Platz und schloss die Zündung kurz. Das war nicht schwierig. Das ist es nie. Als 14-Jähriger hatte ich gelernt, wie man einen Wagen ohne Schlüssel anlässt. Solche Dinge vergisst man nicht.

Der Motor schnurrte wie ein Kätzchen. Ich rollte langsam zur nächsten Kreuzung. Dann bog ich zweimal um die Ecke, dann noch einmal nach rechts, und dann war ich auf der Hauptstraße Richtung Norden, auf dem Weg nach Cheshire Point. Ich verließ Scarsdale ohne besonderes Bedauern. Ein netter Ort für einen Autodiebstahl, aber wohnen möchte ich dort nicht.

Der Ford war für einen Mord ideal geeignet, aber auf dem Highway taugte er überhaupt nichts. Immer wieder ertönte ein leises Klopfen unter der Kühlerhaube, und der Motor reagierte mit einigen Sekunden Verzögerung, wenn ich aufs Gaspedal drückte. Der Wagen bewegte sich wie ein behindertes Kind. Außerdem hatte er ein automatisches Getriebe, weshalb ich nicht zum richtigen Zeitpunkt schalten konnte, und Servolenkung – eine Erfindung, die jeden Menschen verrückt macht.

Ich ließ den Ford dahinzockeln und dachte über den Wagen nach, den Mona und ich eines Tages kaufen würden, wenn alles vorbei war. Einen Jaguar vielleicht. Eine große, chromverkleidete Bestie mit einem Kraftwerk unter der Haube, bei der die Newton'sche Mechanik intelligent und ganzheitlich für die Autokonstruktion benutzt worden war. Ich fragte mich, ob Mona schon einmal auf dem Rücksitz eines Jaguars geliebt worden war? Ich konnte es mir nicht vorstellen.

Cheshire Point ließ Scarsdale wie Levittown aussehen. Ich fuhr herum zwischen den hektargroßen Anwesen mit Villen, die riesig groß waren und förmlich nach Geld stanken. Die Straßen waren sehr breit und ausgesprochen ruhig. Die Bäume an den Straßenrändern waren hoch gewachsen und wirkten sehr feierlich. Es war ein Vorort, gegründet von New Yorker Exilanten, denen bei ihrer Flucht nur ihr Geld geblieben war. An der Oberfläche war es ein extrem künstlicher Ort, weshalb es mir schwer fiel, mich zurechtzufinden. Der Straßenplan war ziemlich unsinnig. Straßen verzweigten sich grundlos hierhin und dorthin, offenbar nur, weil sie Spaß daran hatten. An was man sich hier orientieren sollte, war mir schleierhaft.

Nach einigem Suchen fand ich schließlich den Roscommon Drive. Die Straße war breiter als die meisten, und in der Mitte verlief ein über zwei Meter breiter Grünstreifen mit Gras, Blumen und Sträuchern. Ich suchte nach Hausnummern, fand heraus, wo ich war, und fuhr weiter, bis ich Brassards Haus entdeckte. Es war in einem Stil gebaut, den man, meine ich, Georgianischen Kolonialstil nennt, hauptsächlich Stein, abgesetzt mit weiß gestrichenem Holz. Zum Haus hoch führte eine frisch gemähte, grüne Rasenfläche. Eine große Ulme stand mittendrauf. Sehr eindrucksvoll.

Ich hatte mir das Haus zwar vorgestellt, aber ich hatte es nie wirklich gesehen. Sein Anblick blieb nicht ohne Wirkung auf mich. Sanft schob ich das Bild von L. Keith Brassard, König des Drogenhandels, beiseite. Es wurde ersetzt durch die Illusion vollkommen anständiger Achtbarkeit. Ich sah den abfallenden Rasen und die große alte Ulme, dann erinnerte ich mich an den netten alten Mann, der im Rollstuhl über die Promenade rollte, neben sich seine hübsche, junge Braut. Nur ein Teufel konnte diesen Mann töten. L. Keith Brassard, die Säule von Cheshire Point, zu ermorden, war ein gemeines, verachtenswertes Verbrechen.

Ich musste mich körperlich schütteln, um die Illusion aus dem Kopf zu bekommen. Es kostete mich viel Kraft, mir wieder klar zu machen, dass der Mann alles andere als ein netter, alter Mann war. Das schöne, alte Haus wurde mit entzündeten Einstichstellen und vernarbten Venen zusammengehalten. Die hübsche, junge Braut war die Frau, die ich liebte. Er war ein verkommener, alter Gauner, den ich aus der Welt schaffen würde. Ich sagte mir, was ich mir schon Hunderte Male gesagt hatte – dass es richtig und angemessen war, ihn umzulegen, dass die Tatsache, dass er ein verkommener, alter Gauner war, die Tat rechtfertigte.

Das alles war schwer zu glauben, wenn ich mir das Haus ansah. Nicht der luxuriöse Stil – erfolgreiche Verbrecher leben oft wie Könige im Gegensatz zu wirklichen Königen. Doch dieser Eindruck, so voller Ehrbarkeit …

Ich schüttelte mich noch einmal, noch heftiger. Ich musste den Bahnhof finden. Mona hatte berichtet, dass er jeden Morgen zu Fuß zum Bahnhof ging und den Wagen für sie zurückließ. Der Bahnhof musste also in der Nähe liegen, und ich musste herausfinden, wo. Und ich musste in Erfahrung bringen, wie man schnell dort hinkam. Das war wichtig für den Plan.

Der Ford fand den Bahnhof, mit meinem Ortssinn hatte das wenig zu tun. Der Wagen bog in eine Seitenstraße nach der anderen, bis er schließlich auf den üblichen braunen Ziegelbau mit den Gleisen dahinter stieß. Dann bewies er sein wunderbares Gedächtnis, indem er den Weg zum Roscommon Drive zurückfuhr, und wir überschlugen die Entfernung und rechneten aus, wie lange es dauerte, auf kürzestem Weg vom Haus zum Bahnhof zu gelangen. Es waren etwa sieben Minuten.

Es war immer noch zu früh. Ich überlegte, ob ich vor dem Haus der Brassards parken und auf ihn warten sollte. Ich stellte mir vor, wie Brassard zum Fenster hinaussah, mich entdeckte und mich mit seiner eigenen Waffe vertreiben wollte. Dann schaute ich mich nach einem Café um.

Ich fand eins. Es hatte einen Parkplatz, und ich stellte den Ford dort ab, zog die Handschuhe aus und schob sie in die Tasche. Der Kaffee war heiß, schwarz und stark.

Genau, was ich brauchte.

Später zog ich die Handschuhe wieder an, öffnete die Tür und klemmte mich erneut hinters Steuer. Falls mich jemand beobachtete, musste mein Verhalten sehr eigenartig wirken. Wie oft sieht man schon einen Mann, der sich Gummihandschuhe überstreift, ehe er in seinen Wagen steigt. Aber es war niemand da, und so ließ ich den Wagen an und fuhr zurück zum Roscommon Drive. Es war inzwischen etwa halb neun. Jetzt saß er vermutlich bei seinem Kreuzworträtsel am Frühstückstisch, mit dem Bleistift in der Hand, der Zeitung vor sich und einer Tasse Kaffee neben dem rechten Ellbogen. Ich fragte mich, ob er wohl an diesem Morgen etwas im Lexikon nachschlagen musste, ob das Rätsel schwierig oder einfach war.

Drei Türen von seinem Haus entfernt bremste ich, legte den Leerlauf ein und zog die Handbremse. Den Motor ließ ich laufen. Von hier aus konnte ich sein Haus sehen, die schwere Eichentür und den mit Platten gepflasterten Weg. Hoffentlich konnte er mich nicht sehen.

Ich hatte Lust auf eine Zigarette. Es gab keinen Grund auf der Welt, warum ich jetzt keine Zigarette rauchen sollte, doch ich erinnerte mich daran, was Kriminallabors mit Zigarettenasche alles anstellen konnten. Ich wusste, dass es keine Rolle spielte. Meinetwegen konnten sie alles über mich wissen; was für eine Zigarettenmarke ich rauchte, was für Zahnpasta ich benutzte, um beim Küssen frischen Atem zu haben, ob ich Boxershorts oder Slips trug. Sie konnten dennoch nicht herausbekommen, wer ich war. Es gab nichts, das mich mit Brassard verband. Nichts, das die Bullen auf meine Fährte führen konnte. Selbst wenn sie eine komplette Beschreibung meiner Person hätten, würden sie nicht weiterkommen.

Trotzdem rauchte ich die Zigarette nicht.

Stattdessen rückte ich meine Krawatte gerade, auch wenn sie gar nicht schief saß, und musterte mich sehr genau im Rückspiegel. Mein Spiegelbild war cool und ruhig, ein Beispiel der Gelassenheit. Das war eine Lüge.

Ich wartete. Ich wünschte, er würde sich mit seinem Kreuzworträtsel beeilen. Und wartete weiter.

Dann kurbelte ich das Fenster am Beifahrersitz herunter. Ich knöpfte das Jackett auf und zog den Revolver aus dem Hosenbund. Ich nahm ihn in die rechte Hand und legte meinen Zeigefinger um den Abzug. Es war ein sehr seltsames Gefühl, die Waffe mit einem Handschuh an der Hand zu halten. Ich konnte jedes Detail von ihr spüren, aber der Handschuh, diese dünne Schicht zwischen Haut und Metall, schien mich ein wenig aus dem gewalttätigen Szenario zu entfernen. Der Handschuh, und nicht meine Hand, hielt die Waffe. Der Handschuh, und nicht mein Finger, würde den Abzug betätigen.

Ich verstand jetzt, warum Generale keine Schuld empfanden, wenn ihre Piloten Zivilisten bombardierten. Und ich war froh, dass ich die Handschuhe trug.

Acht Uhr fünfundvierzig.

Die Eichentür schwang auf, und ich sah ihn, in seinem Geschäftsanzug, die Aktentasche unter den Arm geklemmt. Sie hatte ihn zur Tür gebracht und wirkte wie das typische Heimchen am Herd mit ihren Lockenwicklern in den Haaren. Er wandte sich um, und sie küssten sich kurz. Aus irgendeinem Grund konnte ich ihm diesen letzten Kuss nicht verübeln. Ich war beinahe froh, dass er ihr noch einen Abschiedskuss gegeben hatte. Vielleicht hatten sie in der letzte Nacht miteinander geschlafen. Vor ein paar Tagen hätte mich der Gedanke krank gemacht. Jetzt machte es mir überhaupt nichts aus. Für ihn war es das letzte Mal. Er sollte noch einmal alles bekommen, was er kriegen konnte.

Sie wandte sich von ihm ab. Die Tür schloss sich. Ich löste die Handbremse und legte den Gang ein.

Ich atmete nicht, während er den Plattenweg zur Straße hinunterging. Inzwischen war sie schon in einem anderen Zimmer, vielleicht zusammen mit einem der Mädchen. Oder sie wartete, ob es heute geschehen würde, stand vielleicht am Fenster, um in morbider Faszination zuzusehen. Hoffentlich war sie nicht am Fenster. Ich wollte nicht, dass sie zusah.

Er erreichte die Straße und wandte sich von mir ab, in Richtung Bahnhof. Ich fuhr ihm nach. Langsam.

Für einen Mann seines Alters ging er ziemlich schnell. Falls er den Ford hörte, ließ er es sich nicht anmerken. Mit einem Arm hielt er die Aktentasche, der andere schwang an seiner Seite. Die Waffe fühlte sich kalt an, selbst durch den Gummihandschuh.

Jetzt hatte ich ihn eingeholt, bremste schnell und beugte mich über den Sitz in seine Richtung. Er wandte sich um, als er das Geräusch der Bremsen hörte – nicht schnell, nicht verängstigt, sondern einfach verwundert, was da los war. Ich richtete die Pistole auf ihn und drückte ab. Die ganze Zeit über hatte totale Stille auf der ruhigen Straße geherrscht. Der Schuss ließ diese Stille explodieren, er war viel lauter, als ich angenommen hatte. Mir war, als hörte jeder Mensch auf der ganzen Welt zu.

Wahrscheinlich war die erste Kugel schon tödlich. Sie traf ihn ein paar Zentimeter unter dem Herzen in die Brust, und er sank auf die Knie. Der Ausdruck in seinem Gesicht zeigte vollkommene Verwunderung, fast schien er gekränkt. Die Aktentasche fiel zu Boden. Ich wollte nicht noch einmal schießen. Einmal war genug. Der eine Schuss würde ihn töten.

Aber Profikiller arbeiten nicht so. Profikiller überlassen nichts dem Zufall.

Genauso wenig wie ich.

Ich verschoss das gesamte Magazin. Die zweite Kugel traf ihn in den Magen, und er brach zusammen. Die dritte Kugel verfehlte ihr Ziel, die vierte riss ihm den halben Kopf ab. Auch die fünfte und sechste erwischten ihn, aber ich kann mich nicht mehr erinnern, wo.

Ich schleuderte die Pistole nach ihm. Dann trat ich das Gaspedal bis zum Boden durch, falls es doch neugierige Zeugen gab, und der Ford schoss davon, auch wenn er nicht dafür gebaut war. Ich fuhr geradeaus über zwei Kreuzungen mit voll durchgedrücktem Gaspedal, bog dann auf zwei Rädern um eine Ecke, beruhigte mich ein wenig und verlangsamte das Tempo des Fords auf gemächliche vierzig Stundenkilometer.

Ich schwitzte wahnsinnig, und meine Hände juckten in den Handschuhen. Ich musste mich zusammenreißen, damit ich nicht zu schnell fuhr. Aber ich schaffte es. Die Fahrt zum Bahnhof dauerte sieben Minuten, exakt, wie ich ausgerechnet hatte.

In der Nähe des Bahnhofs parkte ich. Ich schaltete den Motor ab und zog die Handbremse. Dann stieg ich aus, schloss die Tür, streifte die Gummihandschuhe ab und warf sie auf den Rücksitz. Ich wischte mir die Hände an der Hose ab und bemühte mich, ruhig zu bleiben.

Dann ging ich in den Bahnhof. Am Bahnsteig war ein Zeitungsstand, und ich kaufte mir für fünf Cent die *Times* und wartete auf den Zug. Ich musste mich dazu zwingen, die Schlagzeilen zu lesen. Castro in Kuba hatte wieder Privateigentum konfisziert. In Chile hatte es ein schweres Erdbeben gegeben. Keine Morde. Noch nicht.

Der Zug kam. Ich stieg ein und fand einen Sitzplatz. Ich saß in einem Raucherabteil und steckte mir eine Zigarette an. Ich brauchte sie dringend. Ich schlug den Wirtschaftsteil der Zeitung auf und studierte Reihe um Reihe von eng gedruckten, völlig bedeutungslosen Zahlen.

Ich sah mich um. Niemand interessierte sich für

mich. Dutzende von Männern in Anzügen saßen da und lasen die *Times*, und keiner warf mir auch nur einen Blick zu. Warum sollten sie auch?

Ich sah genauso aus wie alle anderen.

9

Es sind die Kleinigkeiten im Leben, an die man sich erinnert. Ich habe zum ersten Mal mit einer Frau geschlafen, als ich gerade siebzehn geworden war. Die Frau ist völlig aus meinem Gedächtnis verschwunden. Ich weiß nicht, wie sie aussah, wie sie hieß, ich weiß nur noch, dass sie um die dreißig gewesen sein muss. Ich kann mich auch an den eigentlichen Akt nicht mehr erinnern. Wahrscheinlich war es lustvoll gewesen. Aber ich weiß nicht mehr, ob ich Lust empfunden habe. Ich glaube auch nicht, dass Lust etwas damit zu tun hatte. Es war eine Grenze, die überschritten werden musste, und ob ich dabei Lust empfand oder nicht, war zum damaligen Zeitpunkt belanglos.

Aber ich erinnere mich an etwas, das sie nachher sagte. Wir lagen nebeneinander – auf ihrem Bett, nehme ich an – und mir ging durch den Kopf, dass ich jetzt ein Mann war. »Gott«, sagte sie, »das war ein guter!« Nicht *Das war gut*, sondern *Das war ein guter.*

Ich muss irgendetwas gemurmelt haben, irgendetwas Dummes, denn ich erinnere mich an ihr Lachen, eine eigenartige Mischung aus Belustigung und Bitterkeit.

»Du weißt nicht, wie verdammt gut das war«, sagte sie. »Du bist viel zu jung. Ein guter Liebhaber, aber zu jung, um zu wissen, was du da eigentlich machst.«

Ich weiß nicht, was das beweist, wenn es überhaupt eine Bedeutung hat. Doch das menschliche Gedächtnis trifft eine seltsame Auswahl. Der Akt selbst hätte bedeutungsvoll sein müssen, etwas, woran man sich erinnert. Aber er hinterließ keinen Eindruck bei mir. Nur das Gespräch ist mir im Gedächtnis geblieben.

Genauso war es mit dem Mord. Ich spreche jetzt von dem Eindruck, nicht von der Erinnerung. Aber das läuft ziemlich auf dasselbe hinaus. Ich hatte einen Mann getötet. Mord, so habe ich gehört, ist eine sehr traumatische Angelegenheit. Soldaten und bezahlte Killer gewöhnen sich manchmal daran, aber das dauert eine Weile. Ich hatte nie zuvor getötet. Und jetzt, nach sorgfältiger Planung und gewissenhafter Ausführung, hatte ich eine Waffe auf einen Mann gerichtet und das Magazin in ihn geleert. Zugegeben, in sozialer Hinsicht war er wertlos: ein Parasit, ein Blutsauger. Aber der Charakter des Mannes änderte nichts an der Tatsache, dass ich ihn ermordet hatte, dass er tot war und ich sein Mörder.

Aber der menschliche Verstand ist komisch. Ich hatte seinen Tod geplant, ich hatte ihn getötet, und damit war die Sache erledigt. Mit der Tatsache des Mordes an sich konnte ich anscheinend leben. Mich plagten keine Schuldgefühle. Man konnte es als Stärke oder Schwäche meines Charakters betrachten, doch ich war ein Killer mit einem verhältnismäßig reinen Gewissen.

Dennoch war da ein Rest. Drei kleine Dinge, die mir immer noch deutlich vor Augen standen und die ich nie vergessen würde. Zuallererst der eigenartige Ausdruck in seinem Gesicht in dem Sekundenbruchteil, bevor ich abdrückte, diese völlige Fassungslosigkeit, als wäre er plötzlich in einem anderem Raum-Zeit-Kontinuum gelandet, in das er überhaupt nicht gehörte.

Dann der Knall des ersten Schusses. Er hallte so laut in meinen Ohren, dass für den Zeitraum, in dem der Schuss den Morgen beherrschte, die anderen vier Sinne – Riechen, Sehen, Schmecken und Tasten – völlig ausgeblendet wurden. Die Explosion eines Knalls inmitten der Leere, die das Fehlen aller anderen sinnlichen Eindrücke hinterließ – das war eindrucksvoll gewesen.

Und das dritte Ding war die ungeheure Dummheit, mit der ich alle diese Kugeln in einen toten Körper gejagt hatte. Ich glaube, es ist gefühlsmäßig noch viel grausamer, auf einen toten Mann zu schießen als auf einen lebenden. Darin liegt solch eine konzentrierte Brutalität, die vielleicht erklärt, warum die Zeitungen und die Öffentlichkeit immer völlig ausflippen, wenn ein Mörder eine Leiche zerhackt und sie Stück für Stück auf U-Bahn-Schließfächer verteilt oder so etwas. Ein Mord ist zumindest etwas Rationales. Aber die lächerliche Vorstellung eines Mörders, der seine ganze Munition in einen Mann verfeuert, der bereits ein Loch im Kopf hat, das ist sinnlos, dumm und viel furchtbarer.

Der Blick im Gesicht eines Mannes. Der Knall eines Pistolenschusses. Drei, vier oder fünf verschwendete Kugeln.

Diese drei Dinge hatten Bedeutung, sie waren wichtig. Viel wichtiger als der Mord.

Der Vorortzug hielt in der Grand Central Station. Ich faltete die *Times* zusammen und klemmte sie mir unter den Arm. Dann folgte ich den Massen, als wir auf der Tiefebene des Bahnhofs ausstiegen. Kurz war ich verwirrt, dann fand ich meine Orientierung wieder und ging zu dem Schließfach, in dem ich meinen Koffer verstaut hatte. Ich holte den Schlüssel aus der Tasche, sperrte auf und nahm den Koffer heraus. Ich ging damit zum Fahrkartenschalter, wo ein gebeugter Mann mit zottigem grauen Haar und dicken, beinahe undurchsichtigen Brillengläsern mir eine einfache Fahrkarte zweiter Klasse nach Cleveland verkaufte. Der menschliche Roboter am Informationsstand teilte mir mit, dass der nächste Zug nach Cleveland in achtunddreißig Minuten von Gleis 41 abfahren würde. Ich gelangte ohne Probleme zu Gleis 41. Dort nahm ich, mit dem Koffer zwischen den Knien, auf einer Bank Platz.

Der Zug war bequem. Er nannte sich Ohio State Limited und fuhr über Albany, Utica, Syracuse, Rochester, Erie und Buffalo und sollte um 21:04 Uhr in Cleveland eintreffen. Zur Ankunftszeit rechnete ich noch dreißig Minuten dazu, dann setzte ich mich mit meiner Zeitung hin. Nach einiger Zeit erschien der Schaffner, schnappte sich meine Fahrkarte und gab mir dafür einen schmalen roten Kartonstreifen mit Nummern darauf. Er knipste eine der Nummern ab und schob den Karton in einen Schlitz am Sitz meines Vordermannes. Kurz darauf tauchte ein weiterer Gentleman auf. Er verkaufte mir zwei Scheiben Brot mit einem kleinem Stück amerikanischem Käse dazwischen sowie einen Pappbecher mit Orangensaft, um das Sandwich hinunterzuspülen. Ich reichte ihm einen Dollar, und er gab mir fünf Cent zurück. Eisenbahnen sind etwas Einzigartiges. Seit der Planwagenzeit wurde kein Verkehrsmittel erfunden, das die kürzesten Entfernungen in so unendlich langer Zeit und für einen so hohen Preis überwindet. Es ist wirklich eine Leistung.

In Albany trafen wir fahrplanmäßig ein, in Utica hatten wir bereits fünf Minuten Verspätung, und in Syracuse waren es schon sieben. Acht Minuten verloren wir bis Rochester und weitere fünf bis Buffalo. Dann warteten wir aus irgendwelchen obskuren Gründen im Bahnhof von Buffalo. Vielleicht stand eine Kuh auf den Schienen. So etwas wird es wohl gewesen sein.

Als wir Cleveland erreichten, war es Viertel vor zehn. Der Zug sollte anschließend Richtung Süden weiter nach Cincinnati fahren und dabei an so unwahrscheinlichen Orten wie Springfield, Columbus und Dayton und ähnlichen lächerlichen Städtchen Halt machen. Ich wollte gar nicht daran denken, mit wie viel Verspätung er endlich in Cincinnati eintreffen würde. Mit dem Koffer in der Hand stieg ich in Cleveland aus und suchte mir zuerst ein Hotel und dann ein Restaurant.

Ich checkte in ein heruntergekommenes, aber immer noch vorzeigbares Hotel an der Ecke Paine und Dreizehnte Straße ein, es war preiswert, aber nicht billig. In dem Zimmer gab es eine Dusche, was es schon angenehmer machte, und ein großes Bett, das einladend wirkte. Ich zog mir etwas an, das weniger nach Madison Avenue aussah, und ging zum Abendessen.

Das Restaurant war eines jener Lokale, die im Stil der Zwanzigerjahre eingerichtet waren. Elektrisch betriebene Pseudo-Gaslampen, Sägemehl auf dem Boden, Kellner in weißen Jacketts und mit breitkrempigen Strohhüten auf dem Kopf. Dafür war das Essen gut. Ich verdrückte ein Steak, eine gebackene Kartoffel und eine Portion Rahmspinat. Vor dem Essen bestellte ich einen Bourbon auf Eis und danach schwarzen Kaffee. Der Kaffee wurde in einer kleinen Zinnkanne mit Holzgriff serviert. Was essen Mörder? Was trinken sie?

In der *Cleveland Press* stand nichts von dem Mord. Es war eine wahre Fundgrube an Informationen über Cleveland, angefangen von Bränden und städtischer Korruption bis zu einer kleinen Kolumne mit dilettantischen Gedichten, bei deren Lektüre mir beinahe das Steak wieder hochkam. Hier und da konnte der Leser sogar feststellen, dass es außerhalb Clevelands auch eine Welt gab, in der – man höre und staune – auch noch etwas geschah. Etwas mit einer Rakete in Cape Canaveral, eine Revolution in Laos, und in Italien wurden Wahlen abgehalten. In New York war ein Mord geschehen, doch davon wusste die *Cleveland Press* nichts.

Ich stopfte die *Press* in eine Abfalltonne und sah mich nach einem Zeitungsstand um, der sich herabließ, New Yorker Zeitungen anzubieten. Bei den meisten war das nicht der Fall. Aber dann fand ich einen und kaufte den *Telegraph*. Ich nahm sie mit ins Hotel und arbeitete sie durch.

Es war ziemlich mühsam. Ich begann mit der Titelseite und las mich nach hinten weiter. Schließlich war ich auf Seite zweiundzwanzig, und da war auch die Story. Sie füllte sechs Absätze in der dritten Spalte, darüber eine zweizeilige, etwas dickere Überschrift, die lautete:

MANN VOR SEINEM HAUS IN
WESTCHESTER ERSCHOSSEN

Laute Schüsse störten heute die Morgenruhe im Wohngebiet Cheshire Point, als fünf Kugeln aus einem fahrenden Auto einen angesehenen Importkaufmann wenige Schritte vor seiner Haustür zu Boden streckten.

Das Opfer ist Lester Keith Brassard, 341 Roscommon Drive, ein zweiundfünfzigjähriger Importeur mit einem Büro in Lower Manhattan. Er wurde ermordet, als er sein Haus verließ und auf dem Weg zu seinem Büro war. Die Polizei hat einen gestohlenen Wagen sichergestellt, von dem aus der Mord wahrscheinlich begangen wurde. Der Wagen wurde nur wenige Straßen vom Schauplatz des Verbrechens entfernt aufgefunden.

Mona Brassard, die Frau des Opfers, konnte keine Informationen hinsichtlich möglicher Motive für den Mord geben, der nach typischer Mafiamanier ausgeführt wurde. »Keith hatte auf der ganzen Welt keine Feinde«, sagte sie der Polizei und den Reportern. Sie gab zu, dass er in letzter Zeit nervös gewesen sei. »Aber das hatte etwas mit seinen Geschäften zu tun«, sagte sie. »Er hatte keine persönlichen Probleme. Keine, von denen ich gewusst hätte.«

Arnold Schwerner, Detective bei der Polizei von Cheshire Point, bestätigte, dass die Tat sinnlos erscheine. »Vielleicht ist er versehentlich erschossen worden«, meinte er. »Jedenfalls sieht das Ganze nach einer Profitat aus.«

Schwerners Feststellung bezieht sich auf die Mordmethode, einige tödliche Schüsse aus einem gestohlenen Wagen. Diese Methode wird seit Jahren von der Mafia praktiziert.

Die Polizei von Cheshire Point arbeitet zur Aufklärung des Falles eng mit Detectives des Morddezernats von Manhattan-West zusammen.

Der letzte Absatz enthielt die für mich wichtigsten Informationen. Wenn das Morddezernat von Manhattan-West eingeschaltet war, suchten die Bullen schon nach geschäftlichen Motiven für den Mord. Und das bedeutete, dass sie sich auf jeden Fall in seinem Büro umschauen würden. Ich konnte nicht davon ausgehen, dass sie das Heroin fanden, aber die Chancen standen gut. Die Jungs vom Morddezernat Manhattan-West waren alles andere als von gestern.

Ich las die Stelle noch einmal, in der Mona zitiert wurde, und musste unwillkürlich grinsen. Sie hatte es ausgezeichnet gemacht und gerade den richtigen Ton gefunden. *Keith hatte auf der ganzen Welt keine Feinde* – außer seiner reizenden Gattin und ihrem Geliebten. Er schien in letzter Zeit nervös. *Aber das hatte mit seinen Geschäften zu tun. Persönliche Probleme hatte er nicht. Keine, von denen ich gewusst hätte.*

Genau der richtige Ton. Sie hatte nicht versucht, ihnen irgendetwas zu erklären, sondern nur ein paar Hinweise gegeben und es dann ihnen überlassen, daraus Folgerungen zu ziehen. Ich hatte den Job richtig vorbereitet. Ein Mord nach Mafiamanier. Sie hatte richtig reagiert. Das Heroin war die nächste Stufe in unserem Plan. Wenn sie es fanden, war der Fall gelöst. Damit bekamen die Bullen ein prächtiges Motiv für einen Mord im Mafiamilieu. Was, zum Teufel, sollte es denn sonst sein?

Ich legte die Zeitung zusammen und warf sie in den Papierkorb. Dann steckte ich mir eine Zigarette an und setzte mich in einen der Sessel. Ich wollte Pläne machen, aber das war nicht leicht. Ich sah immer noch diesen Blick völliger Fassungslosigkeit im Gesicht von Lester Keith Brassard. Ich hatte nicht gewusst, dass er Lester hieß. Es erklärte, warum er Keith vorzog. Kein normaler Mensch ließ sich freiwillig mit Lester anreden.

Ich sah sein Gesicht vor mir und hörte den Schuss. Und dann sah ich mich selbst, über den Beifahrersitz des schwarzen Fords gebeugt, Kugeln in eine Leiche pumpend. Den Zeitungen nach war die Polizei der Meinung, der Wagen hätte sich im Augenblick des Mordes in Fahrt befunden. Meinetwegen. Das bedeutete, sie gingen von zwei Killern aus: einer, der schoss, während der andere am Steuer saß. Das Labor konnte wahrscheinlich feststellen, dass der Mord sich nicht so abgespielt hatte, aber wenn der Bericht vorlag, spielte das keine Rolle mehr. Im Augenblick sollten sie ruhig nach zwei Killern suchen. Oder nach fünf. Nach einer ganzen Einheit von Killern.

Das Gesicht und der Schuss und dieser Akt vorsätzlicher Dummheit. Sie zogen an mir vorbei, und vielleicht war es ja das, was man als Schuld bezeichnete. Nicht Reue über die Tat, nicht das Gefühl, dass sie moralisch falsch war, nicht einmal die Angst vor Strafe, sondern eine tiefe Abscheu vor gewissen Erinnerungen an den Mord, gewisse sinnliche Eindrücke, die sich nicht vertreiben ließen.

Ich kann mir nicht vorstellen, dass Brutus den Mord an Cäsar bereute. Ich glaube nicht, dass er die Tat für moralisch falsch hielt. Aber ich bin überzeugt, dass die Worte *Et tu, Brute?* ihn verfolgten, bis er in das Schwert rannte, das Strato für ihn hielt. Diese Worte waren es, die ihn quälten, ebenso wie das Blut Macbeth und seine gute Frau.

Ich steckte mir noch eine Zigarette an und versuchte, Ordnung in meine Gedanken zu bringen. Es fiel mir nicht leicht.

Nach unserem Plan würde sie eine Woche oder zehn Tage nach dem Mord Richtung Miami abreisen. Heute war Mittwoch, Mittwochabend. Nächste Woche Samstag würde sie im *Eden Roc* sein. Ich hatte ihr versprochen, dass ich vor ihr dort war. Ich konnte jederzeit abreisen.

Das Komische war, dass ich eigentlich gar nicht nach Miami wollte. Ich war eine Maschine gewesen, gut geölt und perfekt für den Mord vorbereitet. Aber jetzt, da es vorbei war, kam ich mir funktionslos vor. Ich hatte es hinter mir. Was folgte, war der leichtere Teil, aber damit wollte ich mit einem Mal nichts mehr zu tun haben. Ein eigenartiger Gedanke ging mir nicht aus dem Kopf. Ich hatte noch mehr als fünfhundert Dollar. Ich konnte die Koffer packen und abhauen, eine neue Stadt finden, dort mit der Kohle neu anfangen. Ich konnte diese wunderschöne Frau und ihr ganzes Geld vergessen.

Und das Gesicht und den Knall und die fünf sinnlosen Kugeln.

Es war eine emotionale Reaktion auf Mord, es waren keine vernünftigen, keine logischen Überlegungen. Es war nicht logisch, denn dann hätte ich L. Keith Brassard für nichts und wieder nichts getötet. Die Beute gehörte dem Sieger. Ich hatte gewonnen, und jetzt waren Brassards Frau und Brassards Geld mein. Beide waren erstrebenswert. Nur ein Idiot würde sie jetzt ausschlagen.

Und wenn ich mir alle emotionalen Aspekte meiner Situation genau durch den Kopf gehen ließ, kam dasselbe heraus. Ich liebte Mona immer noch, begehrte sie, brauchte sie immer noch. Selbst wenn ich das Geld hätte, wäre ich nichts ohne sie. Sie war es, die den Unterschied ausmachte. Sie war das neue Leben, das höhere Ziel, all dieser Scheiß.

Ich musste lachen. Auf einer Seite saßen ein Gesicht, ein Knall und fünf Extrakugeln, Mona und das Geld auf der anderen. Die Wahl war so leicht, so offensichtlich, dass es eigentlich gar keine Wahl war. Ich würde nach Miami fahren, und sie würde vier oder fünf Tage nach mir dort auftauchen.

Ich drückte die Zigarette aus und war froh, dass all der Unsinn damit erledigt war. Die Luft draußen war geschwängert von Industrieabgasen und menschlichem Schweiß. Ich quälte mich hindurch, fand eine Bar und bestellte mir einen Drink. Eine Hure saß dort und wartete darauf, dass ich sie mitnahm. Der Impuls war da, fast war ich bereit, dem Verlangen nachzugeben, nur um für ein paar magische Momente all die Anspannung loszuwerden. Ich sah sie an, und sie lächelte und zeigte mindestens dreiundfünfzig Zähne, von denen kein einziger echt war.

Sie war die Art von Frau, die gut aussieht, solange man ihr nicht zu nahe kommt. Ein harter, zäher Körper, der gut im Bett war. Ein Gesicht, das zugekleistert war mit allen Kosmetika, die der modernen Frau bekannt sind. Billige Kleider, aufgetakelt wie ein Flittchen. Ich erinnerte mich an die Worte von Kipling: *I've a neater, sweeter maiden in a cleaner, greener land.*

Ich wandte mich von ihr ab und konzentrierte mich auf den Drink. Ich leerte das Glas, nahm mein Wechselgeld und ließ Mandalay in der Bar sitzen. Ich überlegte, ob ich ins Kino gehen sollte, doch ich hatte nicht den Nerv, mir einen ganzen Film anzusehen. Man kann im Kino gut die Zeit totschlagen, aber irgendwann war Schluss. Vielleicht würde ich wirklich einmal eines Tages ins Kino gehen, nur weil ich einen Film sehen wollte. Vielleicht würde ich mir den verdammten Film dann sogar wirklich anschauen.

Aber so weit war ich noch nicht.

Ich schlenderte eine Weile durch die Gegend, vielleicht insgesamt eine halbe Stunde lang. Ich ging an Kinos vorbei und an Bars, in die mich nichts hineinzog. Ich kam an der Greyhound-Station vorbei, und wieder überkam mich der Impuls, in den erstbesten Bus zu steigen und irgendwohin zu fahren. Mit meinem Glück hätte er mich wahrscheinlich direkt nach New York gebracht.

Ich spazierte weiter. Dann wurde mir klar, dass ich erstens hundemüde war und zweitens hier draußen überhaupt nichts verloren hatte. Vernünftigerweise sollte ich zurück ins Hotel gehen und mich aufs Ohr hauen. Aber ich wusste instinktiv, dass ich stundenlang nicht würde einschlafen können. Schließlich hatte ich gerade erst einen Mord hinter mich gebracht. Man tut alles Mögliche nach einem Mord, aber man schläft am Abend danach nicht einfach problemlos ein. Es war also nur logisch, dass ich, weil dies schließlich mein allererster Mord gewesen war, erst bei Sonneraufgang an so etwas wie Schlaf würde denken können.

Ich beschloss, auf die Logik zu pfeifen. Der schläfrige Portier warf mir den Zimmerschlüssel hin, und der schläfrige Liftboy brachte mich hoch in mein Stockwerk. Ich spürte eine gewisse Verbundenheit mit den beiden. Ich zog mich aus, wusch mich und kroch unter die Decke.

Ich fing an, Schäfchen zu zählen. Die Schäfchen waren kleine, nackte Monas, und sie sahen überhaupt nicht wie Schafe aus. Sie waren nur an ein paar Stellen wollig, und sie waren auch kaum wie Schafe gebaut. Und sie sprangen nicht über einen Zaun. Stattdessen sprangen sie vergnügt über eine Leiche. Dreimal dürfen Sie raten, wer die Leiche war.

Als die vierte Mona über die Leiche sprang, hatte ich meine Schlaflosigkeit überwunden. Ich schlief wie eine Leiche, und über mich sprang niemand.

10

Ich hatte es auf die Titelseite der *Times* geschafft. Nicht die Titelstory, die sich mit den Beleidigungen beschäftigte, die ein Mitglied des Sicherheitsrates der Vereinten Nationen einem anderen Mitglied an den Kopf geworfen hatte. Nicht einmal die zweite Titelstory, die sich mit einer neuen Erfindung im Problembereich der städtischen Korruption befasste. Doch für die Verhältnisse der *Times* hatte ich einen großen Aufreißer bekommen: sechzig Zeilen Text, zweispaltig, am linken Rand von Seite eins. Das entspricht ungefähr der Größe einer Titelschlagzeile in der *News* oder im *Mirror*, in die ich es, wie ich später herausfand, auch geschafft hatte.

Die Schlagzeile des Artikels in der *Times* lautete: RAUSCHGIFTVERBINDUNG IM MORDFALL VON CHESHIRE POINT. Wie immer bei der *New York Times* stellte sich dies als die Untertreibung des Jahres heraus. Der Artikel, mit wie gesagt sechzig Zeilen auf der Titelseite und neunzig weiteren auf Seite vierunddreißig, fasste alles ganz wunderbar zusammen. Besser hätte ich es mir nicht wünschen können.

Das Morddezernat Manhattan-West hatte das Heroin gefunden, nach einer, wie es die *Times* freundlicherweise formulierte, »sorgfältigen Überprüfung von Brassards Büro in 117 Chambers Street«.

Warum es einer sorgfältigen Überprüfung bedurft hatte, wollte mir nicht einleuchten, hatte doch ein Briefumschlag mit Heroin unter dem Tintenabroller hervorgelugt und drei weitere in der obersten Schublade des Schreibtisches gelegen. Aber ich wollte mich ja schließlich nicht mit der *Times* anlegen.

Das Heroin besaß laut *Times* einen Wiederverkaufswert von mehr als einer Million Dollar. Was in aller Welt das bedeuten sollte, durfte sich jeder selbst zusammenreimen. Bis das Zeug beim Endverbraucher landete, durchlief es noch wenigstens fünfzehn Mittelsmänner und wurde ebenso oft mit irgendwelchen minderwertigen Substanzen gestreckt. Der Wiederverkaufswert hatte praktisch keine Bedeutung, und es war unmöglich zu berechnen, wie hoch der Einkaufspreis des Heroins gewesen sein mochte. Außerdem war der finanzielle Wert letztendlich unwichtig, sobald man ernsthaft darüber nachdachte.

An diesem Punkt hatten die Bullen natürlich zwei und zwei zusammengezählt. Und sie waren selbstverständlich auf vier gekommen. Die Telefonnummern, so die *Times*, gehörten zu Etablissements, in denen bekanntermaßen mit Drogen gehandelt wurde. Die Frage, warum die Läden noch nicht geschlossen waren, wenn ihre Rolle im Drogenhandel bekannt war, wurde weder gestellt noch beantwortet. Doch anhand des Rauschgiftes, den Telefonnummern und einer sorgfältigen Überprüfung von Brassards Büchern kam die

Mordkommission zu dem Ergebnis, dass Lester Keith Brassard nicht nur Feuerzeuge aus Japan importiert hatte.

Diese Tatsache, verbunden mit der Mordmethode, musste zur letzten Schlussfolgerung führen: Brassard war von der Mafia getötet worden. Entweder hatte er sie hereingelegt oder sie wollten sich in sein Geschäft drängen. Der Reporter der *Times*, der offensichtlich ein paar Filme zu viel über die *Famiglia* gesehen hatte, meinte, dies könne ein Nachspiel des Appalachen-Treffens sein, auf dem das Syndikat den Beschluss gefasst hatte, aus dem Drogengeschäft auszusteigen. Nach seiner Interpretation war der arme Lester Keith ein hochrangiger Mafiosi gewesen, der sich geweigert hatte, den Wechsel der Geschäftspolitik mitzumachen und den Preis für seine »Auflehnung gegen das Syndikat« hatte zahlen müssen. Es war eine ziemlich faszinierende Theorie und ein wunderbares Beispiel für interpretativen Journalismus in Aktion. Hoffentlich bekam der Junge dafür den Pulitzerpreis.

Drei oder vier Absätze beschäftigten sich mit Mona, und in ihnen stand genau das, was ich mir wünschte. Die trauernde Witwe war von der neuen Entwicklung des Falles völlig überrascht. Alles, was darauf hindeutete, dass ihr Mann kein ehrbarer Bürger gewesen war, schockierte sie zutiefst. Nein, sie hatte nicht genau gewusst, womit er sein Vermögen verdiente. Er war nicht die Art Mann, der die Arbeit aus dem Büro mit nach Hause brachte. Er hatte ein gutes Einkommen, und mehr wusste sie nicht. Aber sie konnte einfach nicht *glauben,* dass er sich auf etwas – auf etwas wirklich *Kriminelles* eingelassen haben sollte. Das passte doch überhaupt nicht zu Keith!

Sie hätte Schauspielerin werden sollen.

Mir gefiel der Artikel. Von meinem Standpunkt aus betrachtet war das, was nicht darin stand, ebenso wichtig wie das, was berichtet wurde. Cheshire Point als Tatort war fast völlig aus dem Fall verschwunden. Ein paar Zeugen waren aufgetaucht und hatten die üblichen, sich widersprechenden Aussagen gemacht. Einer war sich absolut sicher, dass die drei Killer vor den tödlichen Schüssen ausgerufen hätten: *Das ist für Al, du Schwein!* Die übrigen Aussagen kamen der Wirklichkeit etwas näher, aber auch nicht sehr. Keiner schien sich mehr besonders für die Schüsse zu interessieren. Niemand trauerte um den als Schurken demaskierten Brassard. Die Polizei verfolgte die Verbindungen zum Drogenhandel und interessierte sich nicht mehr sonderlich für den Mord als solchen. Man ließ Mona in Frieden, höchstens ein paar Frauenblätter auf der Suche nach einer tränenreichen Homestory würden sie noch belästigen. Alle würden verstehen, dass sie sich weigerte, diese Art Reporter zu empfangen. Wenn sie dann das Haus zum Verkauf anbot und nach Florida verreiste, um all das Schreckliche hinter sich zu lassen, würde das niemanden besonders verwundern. Und niemand würde sich etwas dabei denken, wenn sie mich vier oder fünf Monate später heiratete, weil sie die schrecklichen Ereignisse allmählich überwunden hatte. Die Geschichte war in sich vollkommen konsistent, und das war das Wichtigste. Konsistenz. Man kann eine ganze Welt von Lügen aufbauen, solange die neuen Lügen den alten nicht widersprechen. Man kann ein meisterhaftes Gebilde aus reiner Logik aufbauen, auch wenn man mit einer falschen Voraussetzung beginnt. Alles, was es dafür braucht, ist Konsistenz.

An diesem Abend sah ich mir einen Film an. Bis zu diesem Zeitpunkt war der ganze Tag völlig unwirklich gewesen. Ich hatte wieder nichts zu tun außer zu warten. Ich kam mir nur halb lebendig vor, als befände ich mich in einer Art Winterschlaf, ohne dass ich wirklich schlafen konnte. Die ganze Zeit hatte ich Pläne geschmiedet, dann die Pläne in die Tat umgesetzt und mich auf der Flucht befunden. Nun passierte gar nichts, ich hatte nichts zu tun, und ich hielt es kaum aus. Deshalb wollte ich nun einmal nicht die Zeit im Kino totschlagen, sondern etwas erleben. Es war der Versuch, meine eigene Passivität gegen die Aktivität der Bilder auf der Leinwand einzutauschen.

Vielleicht schaute ich mir aus diesem Grund den Film aufmerksamer an als sonst. Es war ein alter Hitchcock-Film, der mich sofort in seinen Bann schlug. Der Wechsel zwischen Spannung und Humor, zwischen brutalen und lächerlichen Szenen war erstaunlich wirksam. Aber diesmal achtete ich auch auf die eigentliche Handlung unter der Oberfläche, und ich erkannte bald, wie hanebüchen sie war, ein Gespinst absurder Zufälle, zusammengehalten durch ein hervorragendes Drehbuch, gute Schauspieler und einen erstklassigen Regisseur.

Später, als ich im Bett lag und versuchte einzuschlafen, erkannte ich etwas. Ich stellte mir einen Film vor, in dem der Held zwei Koffer stiehlt, und in einem findet er ein Vermögen an Heroin. Dann lernt derselbe Held zufällig ein Mädchen kennen, das sich dann später als die Frau des Mannes entpuppt, dem die Koffer und das Heroin gehören.

Reiner Zufall?

Mehr als das. Es war beinahe unglaublich. Mindestens ebenso weit hergeholt wie der Hitchcock-Film.

Dennoch hatte ich es im wahren Leben als Zufall hingenommen, weil es mir selbst zugestoßen war. Mit den Zufällen in dem Hitchcock-Film war das anders. Sie waren nicht im wirklichen Leben passiert, sondern nur auf der Leinwand.

Der Gedanke war interessant. Unter diesem Gesichtspunkt hatte ich die Geschehnisse bisher noch nicht betrachtet, und ich zerbrach mir einige Zeit den Kopf darüber.

»Möchten Sie eine Zeitschrift, Sir?«

Ich schüttelte den Kopf.

»Kaffee? Tee? Milch?«

Wieder schüttelte ich den Kopf. Die Stewardess, hübsch und gesichtslos wie die Schönheitskönigin von Rheingold Beer, schlenderte weiter, um jemand anderen zu belästigen. Ich blickte aus dem Fenster zur Erde und sah nur Wolken unter mir. Wenn man über ihnen fliegt, sehen sie nicht wie weiße Baumwollbäusche aus, sondern einfach wie formloser, verhältnismäßig dichter Nebel. Ich starrte noch ein paar Sekunden hinaus, doch so spannend waren die Wolken dann auch wieder nicht. Ich sah weg.

Es war Samstagmorgen. Das Flugzeug war ein Düsenjet und flog direkt nach Miami, voraussichtliche Ankunftszeit war ein paar Minuten nach zwölf. Am Abend zuvor hatte ich im *Eden Roc* angerufen und ein Einzelzimmer reserviert. Es stand für mich bereit. Ich hatte Glück gehabt. Früher einmal waren die Sommer in Miami Beach ruhig gewesen. Jetzt ist die Sommersaison nahezu ebenso ausgebucht wie die Wintersaison, allerdings sind die Preise wesentlich niedriger.

»Ich bitte um Ihre Aufmerksamkeit.«

Ich hörte die Männerstimme aus dem Lautsprecher

kommen und fragte mich, was passiert sein mochte. Ich erinnerte mich, dass ich mich in einem Flugzeug befand und dass Flugzeuge hin und wieder aus keinem bestimmten Grund einfach so abstürzen. Ich fragte mich ganz ruhig, ob wir abstürzen würden.

Dann aber fuhr dieselbe Stimme – die des Piloten – fort, mir zu erzählen, dass wir uns in einer Flughöhe von soundso vielen Fuß befanden, dass die Temperatur in Miami soundso viel Grad betrug, dass die Landebedingungen ideal waren und dass wir pünktlich ankommen würden. Der Pilot schloss mit der Bitte, bei künftigen Flügen doch wieder seine Fluglinie zu wählen. Ich war ein kompletter Idiot. Wir stürzten nicht ab. Alles war in Ordnung.

Wir landeten glücklich und pünktlich. Ich stieg aus – die Stewardess sprach von *de-boarding,* ein wirklich cleveres Wort – und wanderte zur Gepäckausgabe im Flughafengebäude. Die Sonne war heiß, und der Himmel wolkenlos. Perfektes Florida-Wetter, perfektes Strandwetter. Mona und ich konnten am Strand liegen und uns die Sonne auf die Haut scheinen lassen. Wir konnten auch nachts am Strand liegen, wenn uns der Mond auf die Haut schien. Ich erinnerte mich an Atlantic City, jenes erste Mal um Mitternacht am Strand. Das Leben ist ein ewiger Kreislauf.

Nach etwa zehn Minuten traf das Gepäck ein. Ich tauschte es gegen den Gepäckzettel ein und trug es dann zu einem der wartenden Taxen, die in nördlicher Richtung nach Miami Beach fuhren. Der hochgewachsene, sehnige Fahrer war ein Einheimischer. Zwei Dinge verrieten ihn – einmal seine Redeweise, die mehr nach Kentucky oder Tennessee klang als nach tiefem Süden. Fast jeder, der in Dade County aufgewachsen ist, spricht mit so einem Akzent. Außerdem war der Mann überhaupt nicht gebräunt. Leute, die in Miami leben, sind nicht so blöd und legen sich stundenlang in die Sonne. Nur die Yankee-Touristen sind Sonnenanbeter. Er war auch ein guter Fahrer. Wir waren schneller bei meinem Hotel angelangt, als ich gedacht hatte. Ein Page schnappte sich meine Koffer, und ich folgte ihm zur Rezeption. Ja, sie hatten meine Reservierung erhalten. Ja, mein Zimmer war bereit. Und willkommen im *Eden Roc*, Mr. Marlin. Bitte folgen Sie mir, Sir.

Das Zimmer lag im fünften Stock. Ein großes Einzelzimmer mit einem riesigen Bad und Blick aufs Meer. Braune Leiber lagen wie Punkte auf dem goldenen Strand. Das Meer war sehr ruhig – überhaupt keine Brandung, nur leichte Wellen. Ich sah, wie eine Möwe im Sturzflug auf einen Fisch hinunterging, sah, wie ein kleiner Junge einen anderen über den Strand jagte, und sah, wie zwei Halbwüchsige – wohl Studenten – ein Mädchen – wohl eine Studentin – im Sand eingruben. Miami Beach.

Der Strand war an diesem Nachmittag angenehm, die Sonne schien warm und das Wasser war erfrischend. Ich blieb draußen, bis es Zeit zum Abendessen war. Die Menschenmengen nahmen ab, je später es wurde. Fette Männer in mittleren Jahren aus New York rieben sich mit Sonnenbrandsalbe ein, zogen grellbunte Sporthemden an und begaben sich auf die Terrasse, um Karten zu spielen. Mütter trieben ihre Kinder in die Zimmer. Die Sonne ging unter.

Nach dem Abendessen sah ich mir die Show an. Der Star des Abends war eine vollbusige Sängerin, die in natura noch schrecklicher sang als auf ihren Platten. Aber der Comedian war ganz witzig, auch die Band passabel. Die Drinks waren teuer. Mir machte das nichts aus. Wenn die Zeit kam, um die Rechnung zu bezahlen, würde Mona da sein mit mehr Geld, als ich jemals ausgeben konnte. Um die Preise machte ich mir deshalb keine Sorgen.

So verging der Samstag. Den Sonntag verbrachte ich auf ähnliche Weise, ebenso Montag und Dienstag. Ich wurde richtig braun, und meine Muskeln lockerten sich von all dem Schwimmen. Am Montagnachmittag verbrachte ich ein paar Stunden im Fitnessraum beim Workout. Dann ging ich in die Sauna und schwitzte. Ein hünenhafter Pole, der kein einziges Haar mehr auf dem Kopf hatte, massierte mich fünfzehn Minuten lang, und ich fühlte mich nachher wie ein neuer Mensch. Körperlich hatte ich mich nie wohler gefühlt.

Abends trank ich, wobei ich immer leicht angeheitert war, es jedoch nie übertrieb. Ich lehnte Angebote ab, mit den Frauen anderer Männer zu schlafen. Mein Bedürfnis nach einer Frau war stark, und überraschenderweise waren viele Frauen zu haben. Doch ein Trick ließ mich nie im Stich. Ich sah mir die Frauen an und verglich sie mit Mona. Keine konnte ihr auch nur das Wasser reichen.

Am Mittwoch rechnete ich ernsthaft damit, dass sie eintraf. Den größten Teil des Nachmittags verbrachte ich in der Lobby, alle zehn Minuten sah ich zur Rezeption hinüber. Seit dem Mord war eine ganze Woche vergangen. Sie müsste jetzt eigentlich jeden Augenblick auftauchen. Es gab keine Komplikationen. In den New Yorker Zeitungen las man kaum mehr etwas von dem Mord. Nur hier und da noch ein paar Zeilen auf den hinteren Seite der *Times*, und dann nicht viel Neues. Ich wartete auf sie.

Als sie auch am Donnerstag noch nicht auftauchte, wurde ich ungeduldig. Schließlich hatte ich ihr gesagt, eine Woche, höchstens zehn Tage. Und nachdem alles so ideal lief, brauchte sie keine Zeit zu verschwenden. Alles war klar. Zum Teufel mit Mantel und Degen, mit Mitchum in seinem Trenchcoat. Ich wollte meine Frau.

Auch am Freitag tauchte sie nicht auf.

Freitagabend trank ich zu viel. Ich saß vor der Bar und schüttete zu viele Gläser Bourbon ohne Eis in mich hinein. Es hätte gefährlich werden können. Aber glücklicherweise bin ich ein unauffälliger Trinker, ich werde nicht laut, wenn ich betrunken bin. Ein Page brachte mich schließlich ins Bett, und ich wachte früh am Morgen mit einem Kater auf, wie ich noch nie einen gehabt hatte. Ein rot glühender Draht lief von einem Ohr zum anderen durch meinen Schädel, und jemand zupfte daran. Ich trank eine Bloody Mary und fühlte mich etwas wohler.

Samstagmorgen. Eine Woche Miami Beach, was mehr als genug ist. Und keine Mona. Den ganzen Tag wartete ich in der Lobby, aber sie kam nicht.

Ich begann zu schwitzen. Beinahe wäre ich zur Rezeption hinübergegangen und hätte gefragt, ob sie ein Zimmer reserviert hatte. Aber das wäre natürlich der Gipfel der Dummheit gewesen. Stattdessen ging ich hinaus und schlenderte die Collins Avenue hinunter zur nächsten Bar. Dort gab es ein Telefon. Ich rief das *Eden Roc* an und erkundigte mich nach Mrs. Brassard.

»Einen Augenblick, bitte«, sagte die Stimme an meinem Ohr. Ich wartete wesentlich länger als einen Augenblick, und dann kam der Angestellte wieder.

»Tut mir leid«, sagte er. »Aber hier wohnt niemand unter diesem Namen.«

»Könnten Sie unter den Reservierungen nachsehen?«

Das tat er. Es gab keine Reservierung für Mrs. Brassard.

Ich ging zur Bar zurück und genehmigte mir einen Drink. Zurück im Hotel versuchte ich, mich zu beruhigen. Vielleicht hatte sie vergessen, in welchem Hotel sie absteigen sollte. Vielleicht war das *Eden Roc* ausgebucht. Ich führte ein halbes Dutzend Telefongespräche. Ich fragte im *Fontainebleau,* im *Americana,* im *Sherry Frontenac,* im *Martinique* und noch zwei anderen Hotels nach ihr. Jedes Mal erkundigte ich mich zuerst nach Mrs. Brassard und fragte dann, ob es eine Reservierung für sie gäbe. Und jedes Mal zog ich eine Niete.

Es gab sicher eine Erklärung, es musste eine geben. Aber was auch immer die Lösung sein mochte, ich kam nicht drauf. Entweder war mir etwas entgangen, oder etwas war vollkommen falsch gelaufen; jedenfalls kam ich mir wie eine Ratte in einem Labyrinth vor. In psychologischen Labors führen sie diese reizenden kleinen Experimente durch. Erst bringt man einer Ratte bei, wie sie durch ein Labyrinth kommt, und dann steckt man sie in ein Labyrinth, das überhaupt keinen Ausweg hat. Die Ratte versucht alles, aber nichts funktioniert. Am Ende reagiert die Ratte auf diese Frustration immer so: Sie verkriecht sich in eine Ecke und kaut sich die Pfoten ab.

Ich kaute noch nicht an meinen Pfoten. Ich ging ins *Eden Roc* zurück, stellte mich unter die kalte Dusche und dachte an die Rechnung, die jeden Tag fällig wurde. Ich fragte mich, ob ich sie bezahlen konnte und wie lange es dauern würde, bis Mona auftauchte. Die einzige Erklärung war, dass sie auf eine Zimmerreservierung verzichtet hatte. Vielleicht musste sie in New York bleiben, bis die Erbschaftsangelegenheiten geregelt waren. Hin und wieder liest man über solche Dinge, über Leute, die wegen juristischer Probleme nicht an ihr Geld kommen. Kleinigkeiten.

Ich redete mir diese Geschichte ein, bis ich sie selbst glaubte. Dann verging wieder eine Nacht. Am nächsten Morgen ging ich an den Strand und ließ mir die Sonne auf die Haut brennen, bis die Bitterkeit und die Angst verschwunden waren. Ich schwamm und schlief und aß und trank. Das war der Sonntag.

Am Montagmorgen stand ich spät auf. Ich ging hinunter zum Frühstück, das im *Eden Roc* bis drei Uhr nachmittags serviert wurde, und wollte mit dem Lift wieder hoch in mein Zimmer fahren.

Der Mann an der Rezeption war zu schnell für mich.

»Mr. Marlin …«

Ich hätte so tun können, als hörte ich ihn nicht. Doch die Rechnung würde früher oder später ohnehin zu mir kommen, es hatte keinen Sinn, ihr ein oder zwei Tage auszuweichen. Wahrscheinlich konnte ich sie auch noch bezahlen. Also ging ich zur Rezeption, wo er mich mit einem Lächeln empfing.

»Ihre Abrechnung«, sagte er und reichte mir ein zusammengefaltetes gelbes Blatt Papier. Ich zeigte ihm, dass ich ebenso höflich wie er sein konnte, und steckte das Blatt, ohne es anzusehen, in die Tasche.

»Und ein Brief«, fügte er hinzu. Er reichte ihn mir. Wahrscheinlich aus einem Reflex heraus steckte ich auch ihn in die Tasche, ohne ihn anzusehen. Es fiel mir nicht leicht.

»Vielen Dank«, sagte ich.

»Wissen Sie, wie lange Sie bei uns bleiben werden?« Ich schüttelte den Kopf. »Schwer zu sagen«, meinte ich. »Nett haben Sie's hier. Ich fühle mich sehr wohl.«

Er strahlte.

»Noch ein paar Tage«, sagte ich. »Vielleicht eine Woche. Können sogar zwei Wochen werden. Es kann aber auch sein, dass ich schnell abreisen muss. Schwer zu sagen.«

Er hörte nicht auf zu lächeln. Mir kam es unhöflich vor, mitten in einem so netten Lächeln wegzugehen, aber er wandte sich nicht ab, sodass ich keine andere Wahl hatte. Ich ließ ihn mir durch die ganze Lobby nachlächeln, während ich schon im Lift nach oben fuhr.

Zuerst die Rechnung. Sie war nicht ohne, die Summe jagte mir einen Schrecken ein. Eindrucksvolle 443,25 Dollar. Mehr als ich gedacht hatte. Zu viele Nächte, zu viel gutes Essen, zu viel Alkohol. Ich besaß keine 443,25 Dollar mehr.

Ich falte das gelbe Papier wieder exakt so, wie der Angestellte es mir überreicht hatte, und schob es in die Brieftasche. Dann nahm ich den Brief und sah ihn mir von allen Seiten an wie ein Kind, das den Inhalt eines Geburtstagspaketes erraten will. Er war dick. Kein Absender.

Ich öffnete ihn.

Es war ein Blatt weißes Papier darin, doch das war nur die Verpackung. Darin lag Geld.

Geld.

Hundertdollarscheine.

Ich zählte sie, wobei mir die Hotelrechnung mit einem Mal vollkommen unwichtig erschien. Es waren dreißig druckfrische Hunderter. Dreißig Einhundertdollarscheine. Dreißig mal einhundert Dollar. Dreitausend Dollar.

Das war eine Menge Geld.

Eine Welle der Erleichterung durchströmte mich, weil ich wusste, dass ich mir keine Sorgen machen musste. Mona hatte mich nicht vergessen. Sie hatte keine Probleme, an ihr Erbe heranzukommen, nicht wenn sie mir drei Riesen in bar schicken konnte.

Es gab keine Probleme.

Ich nahm das Geld. Es war mehr als nur Hundertdollarscheine. Es war ein Symbol. Es bedeutete, dass alles vollkommen in Ordnung war, dass ich mir keine Sorgen machen musste, dass alles lief wie geplant. Gott war in seinem Himmel, und hier auf der Welt war alles gut. Es war ihre Art und Weise, mir das zu sagen – zugleich eine Entschuldigung für ihre Verspätung und ein Versprechen, dass sie bald eintreffen würde. Bei dem Gedanken an sie wurde mir am ganzen Körper warm. Bald, dachte ich. Sehr bald. Sehr, sehr bald.

Sie war aufgehalten worden. So etwas passiert. Sie konnte keinen Brief, Telefonanruf oder Telegramm riskieren. Sie hatte mir vertraut, dass ich auf sie warten würde, und mit dem Geld wollte sie mir zu verstehen geben, dass alles in Ordnung war. Ich kam mir plötzlich wie ein Verräter vor, wegen all der Gedanken, die ich mir gemacht hatte. Das war gemein von mir gewesen.

Aber ich würde es wieder gut machen.

Sie war noch in New York. Aber bald, sehr bald würde sie unterwegs nach Miami sein.

Vielleicht schon morgen.

Aber eins nach dem andern. Ich zog mir die Badehose an, warf mir mein Handtuch über die Schultern und nahm die obersten sechs Scheine von dem Stapel. Den Rest steckte ich in meine Brieftasche und steckte sie in die oberste Schublade der Kommode. Ich sah mich nach dem Papierkorb um, überlegte es mir dann aber anders und legte auch den Umschlag in die Schublade.

In Miami Beach kann man in Badesachen mit dem Lift in die Lobby fahren. Formell wird es in dieser Stadt nur dann, wenn es ums Bezahlen geht. Und das erledigte ich jetzt.

Der Angestellte hatte noch immer dasselbe Lächeln im Gesicht.

»Am besten erledige ich das gleich«, sagte ich und schob ihm fünfhundert Dollar über die Rezeption.

»Behalten Sie das, was übrig bleibt«, sagte ich und fühlte mich reicher als Gott. »Schreiben Sie es auf mein Konto. Diese Hose hat nur eine Tasche, und da geht nicht viel rein.«

Ich ging durch die Lobby zum Strandeingang und kam mir zwei Meter groß und zwei Meter breit vor. Es war ein strahlender Sonnentag wie aus dem Bilderbuch, und heute konnte ich ihn auch genießen. Ich legte mein Handtuch auf einen freien Platz und rannte dann direkt ins Meer. Die Wellen waren heute höher, und ich ließ mich mitten hineinfallen. Das Gefühl war großartig.

Ein intensiv gebräunter Mann mit einem komischen Gesicht und einem sehr dicken Bauch brachte seiner kleinen Tochter das Schwimmen bei. Sie lag mit dem Bauch auf seinem ausgestreckten Arm, wobei sie wie wild mit den Armen paddelte und mit ihren beiden rosa Beinchen um sich schlug. Ich lächelte den beiden zu und fühlte mich glücklich.

Ich schwamm noch etwas herum. Dann ging ich zur Terrasse und trank einen Wodka Collins. Ich streckte mich auf meinem Handtuch in der Sonne aus und schwitzte den Wodka wieder aus.

Glücklicherweise war ich schon ziemlich braun, denn ich schlief mitten in der Mittagshitze am Strand ein. Es war nett, einfach so in der Wärme wegzudösen. In meinem Kopf tanzten Erinnerungen an Mona und Gedanken an Mona und andere nette Dinge dieser Art. Vom Meer wehte eine kühle Brise herüber, Kinder brabbelten, und immer wieder dröhnte in der Ferne ein Flugzeug über das Meer.

Also schlief ich ein.

Die Sonne war schon untergegangen, als ich wieder aufwachte. Heiß war es auch nicht mehr – am Strand war es kalt, und ich fröstelte. Ich hüllte mich in das Handtuch und ging schnell auf mein Zimmer.

Komischerweise war auch dieses wohlig warme Gefühl, dass alles in Ordnung war, mit der Sonne verschwunden. Mir kam es so vor, als ob etwas nicht zu stimmen schien, es war lächerlich. Ich schüttelte ärgerlich den Kopf und konnte mich nicht einmal mehr über mich selbst amüsieren. Was zum Teufel war los? Beim Einschlafen hatte ich noch glückliche Träume geträumt, und als ich aufwachte, machte ich mir schon wieder Sorgen.

Was war das? Das Gesicht und der Schuss und die fünf Kugeln? Hin und wieder musste ich noch an sie denken, besonders wenn ich zu viel trank.

Aber das war es nicht.

Es war etwas anderes.

Ich betrat mein Zimmer, fand eine frische Packung Zigaretten und steckte mir eine an. Sie schmeckte mir nicht, aber ich rauchte trotzdem nervös weiter und drückte die Zigarette dann halb geraucht aus. Was stimmte nicht?

Ich ging zur Kommode und zog die Schublade auf. Ich nahm meine Brieftasche heraus und bestaunte all das wunderschöne grüne Papier, das den ganzen Weg von New York zur mir gekommen war. Dann schaute ich mir den weißen Umschlag an, in dem es gekommen war.

Vielleicht hatte ich es schon vorher gesehen. Das passiert manchmal – man sieht Dinge, obwohl sie einem nicht richtig bewusst werden. Aber irgendwo tief im Gedächtnis bleiben sie haften und wollen wahrgenommen werden.

Vielleicht war ich auch ein Hellseher.

Oder vielleicht hatte ich einfach ein schlechtes Gefühl. Vielleicht passte irgendetwas nicht zusammen, auch wenn ich es mir passend zurechtlegte. Vielleicht brauchte es ein paar Stunden in der Sonne, bis man dem schlechten Gefühl nicht mehr mit Rationalisierungsstrategien beikommen konnte.

Ich sah den Umschlag aus New York an. Ich sah ihn an, bis mir fast die Augen aus dem Kopf traten.

Der Poststempel war von Las Vegas.

11

Wir hatten uns in meinem Zimmer im *Shelburne* geliebt. Und dann, als ich im Dunkeln auf dem Bett lag und die letzten Spuren ihres Parfüms roch, hatte die Tür sich ein paar Zentimeter geöffnet. Ein Umschlag fiel auf den Boden, und die Tür schloss sich wieder.

Der Umschlag hatte dreihundertundsiebzig Dollar enthalten.

Wir hatten uns in meinem Zimmer im *Collingwood* geliebt, und kurz bevor sie ging, gab sie mir einen Umschlag mit mehr als siebenhundert Dollar. Vielleicht war meine Leistung damals besser gewesen, oder vielleicht wurden Liebesdienste mit jedem Mal besser bezahlt, solange man sich dafür hergab.

Diesmal betrug die Bezahlung drei Riesen, und ich hatte noch nicht einmal Sex mit ihr gehabt.

Jetzt erinnerte ich mich an das schlechte Gefühl im *Collingwood*, nachdem sie mir das Geld gegeben hatte; dieses eigenartige Gefühl, dass das Geld Bezahlung für geleistete Dienste war. Das war offenbar auch bei diesen dreitausend der Fall. Es war die Bezahlung, wahrscheinlich sogar die volle Summe, für die Beseitigung ihres Mannes. Ich fragte mich, was das gängige Honorar für Gattenmord war. Oder gab es einen festen Preis? Vielleicht variierte er, wegen der vielen Komponenten, die berücksichtigt werden mussten. Das Nettovermögen des Mannes zum Beispiel, und wie schlimm es war, mit ihm zusammenleben zu müssen. Das waren wichtige Faktoren. Es müsste mehr kosten, einen widerlichen Millionär umzubringen als einen gutmütigen, unversicherten armen Teufel. Das war doch logisch.

Dreitausend Dollar für Mord.

Dreitausend Dollar.

Dreitausend Dollar und nicht einmal ein Stück Papier, auf dem *Lebewohl* stand. Dreitausend Dollar und kein Wort, keine Adresse, gar nichts. Dreitausend Dollar als Abschiedsgruß mit einem weißen Umschlag, der klipp und klar ausdrückte, *Es ist vorbei, das ist deine Bezahlung, jetzt verschwinde, vergiss mich, und zum Teufel mit dir.* Dreitausend Dollar und eine kalte Schulter.

Für dreitausend Dollar kann man zweihunderttausend Zigaretten kaufen. Ich rauche zwei Packungen Zigaretten am Tag. Dreitausend Dollar würden mich also beinahe vierzehn Jahre lang mit Zigaretten versorgen. Mit dreitausend Dollar kann man vierhundert Gläser guten Bourbon kaufen, ein ziemlich gutes, neues Auto, oder dreihundert Hektar ziemlich minderwertiges Land. Mit dreitausend Dollar kann man dreißig gute Anzüge oder hundert Paar gute Schuhe oder dreitausend Krawatten kaufen. Man kann sechstausend Stunden hintereinander Billard dafür spielen.

Dreitausend Dollar für Mord.

Das war nicht annähernd genug.

Eine seltsame Ruhe war über mich gekommen, was mich überraschte. Wahrscheinlich hatte ich noch immer nicht voll kapiert, was geschehen war. Ich sah alles in einem anderen Licht – Mona, mich selbst, das ganze seltsame kleine Spiel, das wir gespielt hatten. Ich war ihr von Anfang an auf den Leim gegangen. Ich hatte für sie getötet, mehr als für das Geld. Ich hatte in Miami auf sie gewartet, während sie nach Las Vegas geflogen war und mich vergessen hatte.

Warum hatte sie mich aber dann überhaupt bezahlt?

Nicht um ihr Gewissen zu beruhigen, denn inzwischen wusste ich ganz genau, dass sie keines besaß. Auch nicht, um mir meinen Anteil auszuzahlen. Dreitausend Dollar waren wohl kaum ein fairer Anteil an dem Gewinn, den sie eingestrichen hatte.

Warum dann?

Ich dachte nach und fand zwei Erklärungen, die zu passen schienen. Eine war ganz vernünftig. Falls ich gar nichts von ihr hörte, würde ich in Panik geraten. Ich würde mich fragen, wo sie blieb, und versuchen, mit ihr Verbindung aufzunehmen. Schließlich würde ich jemandem auffallen, und das würde ihren feinen Plan durcheinanderbringen. Das wollte sie vermeiden, also musste sie mich wissen lassen, dass ich abserviert worden war. Genau das hatte sie perfekt erreicht. Kein Brief, kein Anruf, kein Telegramm. Nur ein anonymer Umschlag mit Geld.

Die andere Lösung konnte nur einem Menschen wie Mona vernünftig erscheinen. Sie war ein Mädchen, in dessen Leben immer alles geklappt hatte. Wenn sie mir nun etwas Kleingeld zukommen ließ, verschwand ich vielleicht einfach. Vielleicht war ich mit meinem winzigen Anteil zufrieden und ließ sie in Ruhe. Vielleicht nahm ich die Kohle, die sie mir aus reiner Nettigkeit geschickt hatte, und machte mich damit davon. Das war natürlich reines Wunschdenken. Aber Mona war es gewöhnt, dass ihre Wünsche in Erfüllung gingen.

Dreitausend Dollar. Mit dreitausend Dollar konnte ich es mir leisten, sie zu vergessen. Ich konnte mit der Kohle Miami Beach auf den Kopf stellen und mir eine reiche, geschiedene Frau suchen und sie dazu überreden, mich zu heiraten und bis ans Ende meiner Tage auszuhalten. Mit dreitausend konnte ich einen neuen Anfang machen, und sie rechnete damit, dass ich genau das tat.

Wie wenig sie mich doch kannte.

Irgendwie hatte der Gedanke an Meer und Brandung seinen Zauber verloren, ebenso der Gedanke an Essen. Aber die Bar war offen, und Alkohol war durchaus nicht unattraktiv. Ich trank, betrank mich aber nicht. Ich war damit beschäftigt, all den leisen Stimmen zuzuhören, die irgendwo tief in meinem Kopf miteinander sprachen. Sie hörten nicht auf damit.

Ich glaube, ich hätte sie vergessen können, wenn es nur um das Geld gegangen wäre. Aber so war es nicht gewesen. Ich hatte Keith Brassard niedergeschossen, weil ich seine Frau wollte, nicht sein Geld. Und ich war nicht von meiner Partnerin ausgetrickst worden, mit der ich mich kurzfristig für dieses Verbrechen zusammengetan hatte, sondern genau durch die Person, die ich als Belohnung für das Verbrechen bekommen wollte. Zwei Sachen gingen mir im Kopf herum: Ich konnte ihr das nicht durchgehen lassen. Und ich konnte nicht zulassen, dass sie mich verließ.

Ich trank Bourbon und dachte an Mord. Ich überlegte, wie ich sie töten konnte. Ich dachte an Revolver und Messer. Ich sah meine Hand an, meine Finger, die sich um das altmodische Glas krampften. Mit bloßen Händen konnte ich sie erwürgen, so lange auf sie einprügeln, bis sie tot war. Ich trank immer mehr Bourbon, und mir fielen das Gesicht, der Knall und die fünf Kugeln ein. Mir wurde klar, dass ich sie nicht töten würde.

Ich war mir sicher, dass ich nicht noch einmal einen Menschen töten konnte. Der Gedanke kam mir, und ich akzeptierte ihn sofort, als wäre er unumstößlich. Erst später fragte ich mich, warum das so war. Brassard zu töten, war nicht schwierig oder beängstigend oder gar gefährlich gewesen. Aber ich tötete nicht gern. Vielleicht war das kein besonders logischer Grund, aber das war mir gleichgültig. Ich wusste, dass es die Wahrheit war. Das war alles, worauf es ankam.

Ich würde sie nicht töten. Weil ich nicht töten wollte, aber auch, weil sich dadurch mein Problem nicht lösen ließ. Ich würde ein sinnloses Risiko eingehen, nur um mich zu rächen. Ich würde meine Rache bekommen, aber nicht das Geld und nicht Mona.

Und das Geld wollte ich immer noch. Und die Frau auch. Fragen Sie mich nicht warum.

»Haben Sie Feuer?«

Ich hatte Feuer. Ich drehte mich um und sah das Mädchen an, das Feuer haben wollte. Brünett, Mitte zwanzig, ein modisches schwarzes Kleid, eine gute Figur. Dunkelroter Lippenstift, eine Zigarette, die von den Lippen hing und darauf wartete, angesteckt zu werden. Dieses Mädchen wollte nicht nur Feuer.

Ich hielt ein Streichholz an ihre Zigarette. Sie war gelassen und ruhig, aber nicht besonders subtil. Sie beugte sich vor, als ich ihr das Streichholz hinhielt, damit ich ihre großen Brüste sehen konnte, die in einen schwarzen Spitzen-BH gezwängt waren. Als Eva sich zum ersten Mal Kleider anzog und den Garten

Eden verließ, hat sie diesen Trick gelernt. Seitdem sind noch immer alle Männer darauf hereingefallen.

Ich erinnerte mich an die Hure im Cleveland und den Fetzen aus dem Gedicht über Mandalay. In Gedanken schrieb ich die Zeile um. *I've a richer, bitchier maiden in a funny money land.* Mona war reich und eine Schlampe und in Las Vegas. Keine große Poesie, aber zutreffend.

Dass angeblich eine *ehrlichere, süßere* Frau irgendwo wartete, war ein leerer Traum. Das Mädchen auf dem Hocker neben mir war hübsch. Ich brauchte nicht länger so zu tun, als wäre ich ein Priester.

Ich erwiderte ihr Lächeln. Ich winkte dem Barkeeper und deutete auf ihr leeres Glas. Er füllte es.

»Danke«, sagte sie.

Die Unterhaltung ließ sich leicht an, weil hauptsächlich sie redete. Sie hieß Nan Hickman. Sie tippte für eine Versicherungsgesellschaft in New York.

Sie hatten zwei Wochen Ferien. Die übrigen Tippsen nutzten ihre zwei Wochen dazu, um sich in den Catskills einen Mann fürs Leben zu schnappen. Sie mochte die Catskills nicht, und sie wollte auch keinen Mann fürs Leben. Sie wollte sich amüsieren, aber bis jetzt hatte sie noch nicht sehr viel Gelegenheit dazu gehabt.

Sie war reizend und warmherzig und ehrlich. Und sie hatte Stil. Sie wollte sich amüsieren. In zwei Wochen fuhr sie wieder in die Bronx zurück zu ihrer Schreibmaschine. Dort überwachte ihre Mutter, mit wem sie ausging und wann sie abends heimkam. Ihre Tanten suchten schon einen Ehemann für sie aus. Sie hatte nur diese zwei Wochen.

Ich legte die Hand auf ihren Arm. Ich sah sie an, und sie blickte nicht weg.

»Gehen wir hoch«, sagte sie. »Lass uns miteinander schlafen.«

Ich legte Geld für die Getränke auf die Theke. Wir gingen hoch in ihr Zimmer und wir liebten uns. Wir liebten uns sehr langsam, sehr sanft, mit großer Leidenschaft. Sie hatte etwas mit Rum getrunken, und ihr Mund schmeckte warm und süß.

Sie hatte einen guten Körper. Mir gefiel, dass nur ihre Arme, Beine und das Gesicht gebräunt waren, von den Brüsten bis zu den Hüften war ihre Haut bleich. Es gefiel mir, sie anzusehen und sie zu berühren. Es gefiel mir, mich mit ihr und gegen sie zu bewegen. Und danach tat es gut, neben ihr zu liegen, heiß und verschwitzt und vollkommen erschöpft, während die Erde langsam wieder fest unter uns wurde.

Eine Weile brauchten wir nicht miteinander zu reden. Dann fing sie an, Kleinigkeiten über sich, über ihren Job und ihre Familie zu erzählen. Sie hatte einen älteren Bruder, der verheiratet war und auf Long Island wohnte, und eine jüngere Schwester.

Sie erzählte mir nicht, dass wenn überhaupt jemand auf der Welt in ihrem Alter noch eine Jungfrau war, dann sie. Sie entschuldigte sich nicht dafür, dass sie mich aufgegabelt und mit mir geschlafen hatte. Sie wollte sich amüsieren.

Sie sprach auch nicht von morgen oder übermorgen oder den Tagen nachher. Sie sprach nicht von einem Heim, einer Familie oder einer Ehe oder kleinen weißen Häusern mit grünen Läden. Sie stellte mir auch keine Fragen.

Ich sah in ihre hübsches Gesicht, schaute auf ihre Brüste und ihren Körper. Ich dachte, wie gut es doch wäre, sich in sie zu verlieben und sie zu heiraten. Ich wollte, ich könnte es, und wusste genau, dass es unmöglich war.

I've a richer, bitchier maiden …

Ich wartete, bis sie schlief. Dann glitt ich unter der Decke hervor und zog mich an. Die Schuhe nahm ich in die Hand, weil ich sie nicht wecken wollte.

Ich blickte auf sie hinab. Eines Tages würde jemand sie heiraten. Ich hoffte, er war gut genug für sie, und sie würden zusammen glücklich werden. Ich hoffte, ihre Kinder würden wie sie aussehen.

Ich ging mit den Schuhen in der Hand hinaus zurück zu meinem Zimmer.

Nach dem Frühstück am nächsten Morgen checkte ich aus dem *Eden Roc* aus. Der Mann an der Rezeption bedauerte es, mich gehen zu sehen. Und ob er es nun bedauerte oder nicht, das Lächeln wich nicht aus seinem Gesicht.

Er überprüfte meine Rechnung. »Sie bekommen eine Rückzahlung, Mr. Marlin. Etwa dreißig Dollar.«

»Na, lassen Sie mal«, sagte ich. »Ich habe keinc Zeit mehr gehabt, etwas für das Zimmermädchen hinzulegen. Behalten Sie einfach das Geld und verteilen Sie es.«

Er war überrascht und erfreut. Der Großteil der Summe verschwand wahrscheinlich in seinem Geldbeutel. Mir war es egal. Ich brauchte die dreißig Dollar nicht. Es war mir gleichgültig, wer sie bekam.

Eigenartigerweise war mir im Augenblick fast alles ziemlich gleichgültig.

In einer Bar telefonierte ich. Es war nicht die Bar, von der aus ich das letzte Mal telefoniert hatte, aber ein ähnlicher Schuppen. Ich hatte ein schwieriges Anliegen. Von der Auskunft von Cheshire Point ließ ich mich mit dem größten Immobilienmakler dort verbinden. Ich erreichte sein Büro und erkundigte mich, ob er 341 Roscommon Drive in seinem Angebot hatte;

das war nicht der Fall. Ob er wohl herausfinden könnte, wer es anbot? Das konnte er, und er würde mich auf meine Kosten wieder anrufen. Ich wartete.

Ich hatte noch nie ein R-Gespräch an einem öffentlichen Telefon entgegengenommen. Das Mädchen von der Vermittlung überzeugte sich zuerst, dass ich am Apparat war, und sagte mir dann, ich solle Geld in den Apparat werfen. Das tat ich.

»Lou Pierce bietet das Anwesen an«, sagte er. »Pierce und Pierce.« Er gab mir die Telefonnummer, und ich notierte sie.

»Er verlangt einen ziemlich hohen Preis«, sagte er. »Zu hoch, wenn Sie mich fragen. Ich kann Ihnen ein ähnliches Anwesen in derselben Gegend um mindestens fünftausend Dollar billiger bieten. Und gute Bedingungen. Haben Sie Interesse?«

Ich sagte ihm, wahrscheinlich nicht, aber wenn doch, würde ich ihn anrufen. Ich bedankte mich, ließ ihn wissen, dass er mir sehr weitergeholfen hatte. Dann legte ich auf, warf noch einmal zehn Cent in den Apparat und ließ mich von der Vermittlung mit Pierce und Pierce verbinden. Fast sofort meldete sich ein Mann namens Lou Pierce.

»Fred Ziegler hat mich angerufen«, sagte er. »Er sagt, Sie interessieren sich für das Anwesen 341 Roscommon Drive. Glauben Sie mir, etwas Besseres gibt es zurzeit nicht auf dem Markt. Herrliches Haus, wunderschönes Gelände. Ein sehr günstiges Angebot.«

Beinahe hätte ich gesagt, dass Ziegler da anderer Meinung war, doch ich hielt mich zurück. »Ich kenne das Anwesen«, sagte ich. »Ich möchte es aber nicht kaufen. Ich hätte gerne ein paar Informationen.«

»Ach?«

»Über Mrs. Brassard.«

»Nur zu«, sagte er. Seine Stimme klang jetzt nicht mehr so warm, eher vorsichtig.

»Ihre Adresse.«

Ein kurzes Schweigen, bevor er antwortete. »Tut mir leid«, sagte er dann, wobei sein Ton alles andere als bedauernd klang. »Mrs. Brassard hat strikte Anweisung hinterlassen, ihre Adresse vertraulich zu behandeln. Ich kann sie Ihnen nicht geben. Und sonst auch niemandem.«

Logisch.

Doch darauf war ich vorbereitet. »Ach«, sagte ich, »das haben Sie falsch verstanden. Sie hat mir selbst geschrieben und mir mitgeteilt, wo sie wohnt. Aber ich habe ihre Adresse in Nevada verloren.«

Er wartete darauf, dass ich mehr sagte. Ich ließ ihn warten.

»Sie hat Ihnen also geschrieben, wie? Ihnen mitgeteilt, wo sie wohnt, aber Sie haben den Brief verloren?«

»So ist es.«

»Nun«, sagte er, »nun, ich will nicht sagen, dass ich Ihnen nicht glaube. Wenn mir allerdings jemand schreibt, dass er in einem Hotel in Tahoe abgestiegen ist, dann vergesse ich den Namen des Hotels nicht. Aber ich habe vielleicht ein besseres Gedächtnis als andere Leute. Ich muss mich an die Anweisungen von Mrs. Brassard halten. Ich darf Ihnen keine vertraulichen Informationen geben.«

Dabei hatte er genau das schon getan.

Ich tobte noch ein bisschen am Telefon herum, um den Anschein zu wahren. Dann heuchelte ich Verständnis für seine Lage, dankte ihm trotzdem und legte auf. Hoffentlich fiel dem gewissenhaften Geheimniswahrer nicht auf, dass er mir schon zu viel verraten hatte.

Ich nahm meine Koffer, verließ die Bar, rief ein Taxi

heran und warf mein Gepäck in den Kofferraum. Dann stieg ich ein und ließ mich auf den Rücksitz fallen.

Ich habe ihre Adresse in Nevada verloren.

Es war reines Glück gewesen, dass ich Nevada und nicht Las Vegas gesagt hatte. Mir war es um ihre Adresse, nicht um den Namen der Stadt gegangen, wo sie sich jetzt aufhielt. Auf den Gedanken, dass sie den Brief außerhalb der Stadt aufgegeben haben könnte, war ich gar nicht gekommen. Ich war hinter der Adresse her gewesen, doch die hatte ich nicht bekommen. Und jetzt brauchte ich sie nicht mehr.

Tahoe. Nicht Las Vegas. Der gute alte Lake Tahoe, an dem ich noch nie gewesen war. Aber ich wusste ein wenig über Tahoe. Der Ort war überschaubar. Dort konnte ich sie leicht finden, ob ich den Namen ihres Hotels nun kannte oder nicht.

Tahoe.

Ein weiteres Detail von Monas Plan wurde mir klar. Ich stellte mir Mona Brassard vor, die in einem stinkvornehmen Club in Tahoe würfelte und sich über den armen Trottel zu Tode lachte, der ganz Las Vegas nach ihr absuchte. Es war eine äußerst komische Vorstellung.

Sie würde überrascht sein, mich zu sehen.

Es gab keinen direkten Flug nach Lake Tahoe. TWA hatte einen nach Vegas mit einer Zwischenlandung in Kansas City. Damit war ich zufrieden. Ich wollte ohnehin nicht schon in Tahoe ankommen, bevor ich für die Begegnung gewappnet war. Ich hatte noch genug Zeit.

Der Flug war ziemlich furchtbar. Eigentlich war gutes Wetter, aber der Pilot erwischte jedes einzelne Luftloch zwischen Miami und Kansas City, und davon gab es eine ganze Menge. Bei mir litt nur mein Appetit unter der Fliegerei. Einige Passagiere hatten weitaus größere Probleme, doch die meisten erwischten noch die kleinen Papiertüten, die TWA für diesen Zweck freundlicherweise zur Verfügung stellte. Einer allerdings erwischte aus Versehen den Boden. Man kann nicht sagen, dass es ein langweiliger Flug war.

Den Umständen entsprechend war ich sehr ruhig. Diese eigenartige Ruhe erfasste mich wieder, wie jedes Mal, wenn ich nach menschlichem Ermessen eigentlich aufgeregt sein sollte. Ein bisschen wurde ich wieder zur Maschine. Ich hatte eine Funktion, einen Zweck. Ich brauchte mir nicht darüber den Kopf zu zerbrechen, wie es weiterging, denn ich wusste genau, was ich zu tun hatte. Ich würde Mona und das Geld kriegen. So einfach war das.

Warum in aller Welt wollte ich eigentlich die Frau noch und das Geld? Eine gute Frage. Ich wusste es nicht genau, aber auf jeden Fall wollte ich sie, und das war die einzige Frage, auf die es ankam. Also hörte ich auf, mir über die Gründe den Kopf zu zerbrechen.

Der Pilot überraschte uns alle mit einer glatten Landung in Kansas City. Ich verbrachte die fünfundzwanzig Minuten zwischen der Landung und Weiterflug im Flughafen von Kansas City. Es war ein hübsches neues Gebäude, das nach Farbe und Plastik roch. Ich stellte mich an einen Flipperautomaten. Früher war ich gut beim Flippern gewesen, und dieser Automat war einfach zu bedienen. Ich hatte noch sieben Freispiele offen, als es plötzlich Zeit war, das Flugzeug wieder zu besteigen. Ein Junge hatte mir gelangweilt zugeschaut, und ich sagte ihm, er könne meine Freispiele zu Ende spielen. Er starrte mich vollkommen erstaunt an, als ich ihn bei dem Flipperautomaten stehen ließ.

Der Rest des Fluges war besser. Sie hatten entweder

die Piloten ausgewechselt oder eine nagelneue Atmosphäre ohne Luftlöcher für uns gefunden. Jedenfalls glitten wir weich wie auf Wolken nach Las Vegas. Die Stewardess servierte mir ein gutes Abendessen, und ich ließ mir zwei- oder dreimal Kaffee nachschenken. Ich verspeiste alles mit Genuss, und hatte auch keine Probleme, alles bei mir zu behalten. Vielleicht konnte man sich doch an das Fliegen gewöhnen.

Ich lachte, weil mir dieser Werbeslogan einfiel. Sie wissen schon: *Frühstück in London, Mittagessen in New York, Abendessen in Los Angeles, Gepäck in Buenos Aires*. Genau der.

Aber bei diesem Flug klappte wirklich alles. Mein Gepäck und ich trafen zusammen in Las Vegas ein, genau rechtzeitig, sodass wir uns noch den Sonnenuntergang anschauen konnten. Dann taten wir uns zusammen, mein Gepäck und ich, und nahmen ein Taxi zum *Dunes*. Ich hatte telefonisch ein Zimmer reserviert, und es war bereit für mich. In Vegas wird geklotzt, nicht gekleckert. Der Luxus ist unglaublich und die Preise moderat. Das große Geld wird mit dem Glücksspiel gemacht.

Ich duschte heiß, trocknete mich ab, zog mich an und packte die Koffer aus. Ich ging nach unten und sah mich im Kasino um. Es herrschte ziemlicher Betrieb. In keiner Stadt der Welt findet man so viele gelangweilte Menschen wie in Las Vegas. Verbitterte junge Frauen, die auf ihre Scheidung warten, Mafiosi auf Urlaub, die sich nicht richtig entspannen können, und andere nette Leute dieser Art.

Am Roulettetisch kam sechsmal hintereinander Rot. Ein Mann mit vorstehenden Zähnen hatte einen Fünfundzwanzig-Dollar-Chip auf den Tisch gelegt, gewann siebenmal und räumte alles ab mit Ausnahme des ursprünglichen Chips, dann verschwand er. Eine beleibte Matrone mit einem Silberfuchs um die Schultern knackte einen Spielautomaten, wechselte sämtliche Fünfcentstücke in halbe Dollarmünzen um und verfüttere sie eine nach der anderen wieder in die Maschine.

Vegas.

Ich beobachtete, wie die Menschen gewannen und verloren. Alles ging hier ehrlich zu. Nirgends wurde getrickst. Das Haus strich seinen eigenen kleinen Anteil an allen Spielen ein und wurde reich dabei. Geld aus Alkoholschmuggel, Waffenschieberei, Rauschgifthandel und Prostitution wurde vollkommen legal in diese blühende Stadt investiert, einem Monument der menschlichen Dummheit. Es war die Goldgrube in dem Staat mit der geringsten Bevölkerungsdichte und den einfältigsten Landbewohnern.

Vegas.

Ich sah ihnen drei Stunden lang zu. Im Laufe dieser drei Stunden trank ich ein halbes Dutzend Drinks, und ich spürte keinen von ihnen. Dann ging ich auf mein Zimmer und legte mich schlafen.

Für mich war es ein billiger Abend gewesen. Ich hatte keinen einzigen Penny riskiert. Ich bin kein Spieler.

12

Am Morgen ist Las Vegas eine sehr seltsame Stadt. Das Leben spielt sich hier ausschließlich nachts ab, aber in Vegas ist es auch tagsüber wie bei Nacht. Die Spielkasinos schließen nie. Neben jeder Registrierkasse in der Stadt sind Spielautomaten installiert. Einen ruhigen Ort fürs Frühstück zu finden, war nicht einfach. Ich saß in einem Café, trank meinen ersten Kaffee und rauchte meine erste Zigarette. Ein paar Meter entfernt verspielte eine Frau, die meine Großmutter hätte sein können, ihr Kleingeld in einen verchromten Spielautomaten. Es störte mich. Wer sich vor Mittag dem Glücksspiel hingab, konnte gleich die eigene Schwester am Sonntagmorgen auf der vordersten Kirchenbank flachlegen, für mich war das so ziemlich dasselbe. Sie können mich einen Puritaner nennen – jedenfalls sehe ich das so.

Ich trank den Kaffee aus, drückte die Zigarette in den Aschenbecher und verließ das Hotel. Die Greyhound-Station war ganz in der Nähe. Ein Angestellter mit fliehendem Kinn informierte mich, dass alle zwei Stunden, immer zur halben Stunde, ein Bus nach Tahoe aufbrach. Ganz ohne Papier und Bleistift rechnete ich mir aus, dass einer um 3:30 Uhr fuhr; den wollte ich nehmen.

Doch zuerst hatte ich etwas zu tun.

Ich musste einen gewissen Mann finden; also suchte ich nach ihm. Leicht war es nicht, ihn zu finden, aber am Ende entdeckte ich ihn.

Ich suchte einen gewissen Mann, den ich nicht kannte. Ich trieb mich in den Vierteln von Las Vegas herum, die Touristen niemals sehen – in den heruntergekommenen Gegenden, den versteckten Stadtteilen, den Vierteln, in denen in den Neonreklamen öfter mal Buchstaben fehlen und weitaus gefährlicheren Lastern als dem legalisierten Glücksspiel gefrönt wurde.

Es dauerte drei Stunden. Drei Stunden wanderte ich herum und bemühte mich aufrichtig, meine Umgebung durch andere Augen zu sehen. Und nach drei Stunden fand ich ihn. Teufel, er versteckte sich ja auch nicht. Es war sein Job, sich finden zu lassen. Männer wie ihn findet man überall, in jeder Stadt im ganzen Land. Sie warten, bis man zu ihnen kommt. Warten immer.

Es war ein großer Mann. Als ich ihn fand, saß er auf einem Stuhl in einem kleinen, dunklen Café auf der Nordseite der Stadt. Seine Schultern waren vorn übergebeugt, und die Krawatte lag ihm locker um den Hals. Er wirkte jedenfalls groß. Er trank Kaffee, während alle anderen Gäste in dem Lokal entweder Bier oder Schnaps tranken. Die Kaffeetasse stand vor ihm, und er saß da, kümmerte sich nicht darum und las Zeitung. Hin und wieder, wenn die Brühe in der Tasse lauwarm geworden war, erinnerte er sich daran und leerte sie. Kurz darauf brachte ihm eine aufgedunsene Blondine einen frischen Kaffee.

An der Bar holte ich mir eine Flasche Bier, lehnte das angebotene Glas ab und nahm einen Schluck aus der Flasche. Ich ging mit meinem Bier zu seinem Tisch, stellte es ab und setzte mich ihm gegenüber.

Er ignorierte mich ein paar Sekunden lang. Ich sagte nichts und wartete, dass er etwas sagte. Schließlich ließ er die Zeitung sinken, und seine Augen musterten mich.

Er sagte: »Ich kenne Sie nicht.«

»Das brauchen Sie auch nicht.«

Er ließ es sich durch den Kopf gehen. Dann zuckte er mit den Schultern. »Reden Sie«, sagte er. »Es ist Ihre Kohle.«

»Ein bisschen Kohle könnte ich schon gebrauchen«, sagte ich, »einen ganzen Haufen davon.«

»Ja?«

Ich nickte.

»Was ist Ihr Ding?«

»Ich kaufe und verkaufe.«

»Hier in der Gegend?«

Ich schüttelte den Kopf.

»Ach, was soll's«, sagte er langsam. »Wenn hier was faul wäre, wüsste ich schon längst Bescheid. Ein Pfund?«

Ich nickte.

»Gleich?«

»Okay.«

Er erinnerte sich an seinen Kaffee und nahm einen kleinen Schluck. »Ziemlich weit«, sagte er. »Haben Sie 'ne Karre?«

Das hatte ich nicht. »Nehmen wir eben meine«, meinte er. »Fahren wir zusammen. Dealer und Kunde im selben Wagen. Nett, wenn die richtigen Leute die Stadt leiten. Alles paletti. Kein Trouble.«

Ich verließ das Café zusammen mit ihm. Niemand blickte uns nach. Offenbar wussten die anderen Gäste, was gut war für sie. Seine Karre stand um die Ecke: ein nagelneues taubenblaues Oldsmobile mit allen Schikanen. Er fuhr langsam und gut. Das Olds schwebte durch die Innenstadt, dann über die Stadtautobahn in einen Außenbezirk auf der Südseite der Stadt.

»Nette Gegend«, sagte er.

Ich erwiderte etwas Passendes. Er hielt vor einer großen Ranch mit einem bunten Glasfenster. Er wohne hier allein, erzählte er mir. Wir gingen hinein, und ich sah mir das Haus an. Es war geschmackvoll eingerichtet, mit modernen Möbeln, die aber nicht extravagant wirkten. Teuer, aber nicht auffällig. Ich fragte mich, ob er die Einrichtung selbst ausgesucht oder einen Innenarchitekten beauftragt hatte.

»Setzen Sie sich«, sagte er. »Machen Sie es sich bequem.«

Ich nahm auf einem Stuhl Platz, der viel bequemer war, als er aussah. Die Transaktion ging mir fast zu glatt. Mein Mann hatte recht – es war nett, wenn die richtigen Leute eine Stadt leiteten. Keine Spur von Trouble.

Ich starrte auf die Wände und wartete, dass er zurückkam. Als er wieder erschien, hielt er eine kleine, sorgfältig gefaltete Papiertüte in der Hand. »Dreißig für einen Dollar«, sagte er. »Heute gibt's einen Spezialpreis im Zoo. Sie haben sich einen guten Zeitpunkt ausgesucht. Wir haben zu viel auf Lager, also machen wir einen Sonderverkauf. Wollen Sie nachzählen?«

Ich schüttelte den Kopf. Wenn er mich bescheißen wollte, würde ich es auch nicht merken, wenn ich nachzählte. Ich griff nach meiner Brieftasche, da fiel mir ein, dass ich noch etwas brauchte.

»Warten Sie«, sagte ich, »ich könnte noch ein Besteck gebrauchen.«

Er sah mich amüsiert an. »Für Sie selbst?«

»Für jemanden.«

Er zuckte mit den Schultern. »Das kostet Sie noch einen Zehner.«

Ich erklärte mich einverstanden. Er verschwand wieder und kam mit einem flachen Lederetui zurück, das aussah, als enthielte es Zeichenutensilien. Ich nahm das Etui und das Tütchen und reichte ihm einhundertzehn Dollar – einen Dollar und einen Zehner in seiner Sprache. Er faltete die Scheine zweimal zusammen und steckte sie in die Hemdtasche; dort trug er wahrscheinlich sein Kleingeld.

Auf dem Rückweg in die Innenstadt wurde er beinahe gesprächig. Er fragte mich, was ich in Vegas zu tun hätte, und ich sagte, ich sei nur auf der Durchreise, was ziemlich genau der Wahrheit entsprach.

»Ich reise ziemlich viel herum«, sagte ich. »Überall, wo es Leute gibt. Aber wenn man zu lange bleibt, wird es überall zu heiß.«

»Kommt darauf an, was für Beziehungen man hat.«

Ich zuckte mit den Schultern.

»Besuchen Sie mich, wenn Sie das nächste Mal nach Vegas kommen«, sagte er. »Ich bin immer an derselben Stelle. Oder fragen Sie nach mir, lassen Sie mir ausrichten, dass Sie in der Stadt sind. Manchmal kann ich Ihnen einen noch besseren Preis als heute bieten. Wir können immer ein Geschäft machen.«

»Klar.«

Ehe er mich aussteigen ließ, fing er zu lachen an. Ich fragte ihn, was denn so witzig sei.

»Nichts«, sagte er. »Mir ist nur gerade was eingefallen. Sind wir nicht in einem coolen Business? Nicht mal eine Wirtschaftskrise kann uns etwas anhaben. Ist das nicht zum Brüllen?«

Ich ließ meine Koffer in meinem Zimmer im *Dunes*. Ich wollte nicht aus dem Hotel auschecken, jetzt noch nicht. Um drei Uhr dreißig nahm ich den Bus nach Tahoe. Er war ziemlich leer. Die Straßen waren auch nicht überfüllt, und wir kamen schnell voran. Es war eine angenehme Fahrt – die Sonne schien, der Himmel war klar. Ich saß allein, sah zum Fenster hinaus und rauchte. Der Bus hatte eine Klimaanlage. Der Rauch kroch von der Spitze meiner Zigarette an der Fensterscheibe hoch und verschwand dann.

Als wir in Lake Tahoe ankamen, war es Zeit zum Abendessen. Ich hatte Hunger. Im Waschraum der Busstation warf ich einen Vierteldollar in einen Schlitz und verschaffte mir so Zugang zu einem abgetrennten Waschraum mit frischen Handtüchern und einem großen Waschbecken. Ich wusch mich, richtete mir die Krawatte gerade und kam mir wieder beinahe wie ein Mensch vor.

Ich aß ausgiebig, aber schnell zu Abend. Das Essen schmeckte ich allerdings kaum. Danach verließ ich das Restaurant und machte meine Runde.

Es war noch zu früh, aber ich schaute mich trotzdem schon nach ihr um. Wenn sie in Tahoe war, würde sie auch spielen. Und es gab nicht besonders viele Kasinos in Tahoe. Früher oder später würden wir uns in die Arme laufen.

Im ersten Kasino ging ich an den Würfeltisch und setzte ein paar Dollarwetten. Als ich dran war, ließ ich die Würfel liegen und verließ den Tisch. Ich hatte ein paar Dollar gewonnen, doch darum ging es mir nicht.

Im zweiten Kasino verspielte ich meinen Gewinn

in einem Spielautomaten. Dabei sah ich mich nach ihr um, aber ich entdeckte sie nirgends. Also ging ich.

Dann kam ich an einem Herrenmodegeschäft vorbei, sah einen Hut im Schaufenster und überlegte, dass es viel besser war, wenn ich sie entdeckte, ehe sie mich sah. Ein Hut war angeblich eine perfekte Verkleidung. Hüte ändern die Kopfform oder so etwas. An manchen Orten fällt ein Mann mit Hut sofort auf, doch nicht in einem Kasino in Nevada. Die Eigentümer selbst nehmen die Hüte nicht ab, wenn sie ihr Etablissement betreten. Ich ging in das Geschäft und kaufte den Hut. Es war ein Borsalino, direkt aus Italien importiert, und er kostete zwanzig Dollar. Irgendwie kam es mir verschwenderisch vor, zwanzig Dollar für einen Hut auszugeben, den ich nur einmal tragen und dann wegwerfen würde. Doch dann machte ich mir klar, dass ich nicht mehr darauf achten musste, was die Dinge kosteten. Ein Fünfdollar-Hut hätte es auch getan, aber hier in diesem Laden gab es keine Hüte für fünf Dollar. Ich kaufte den Borsalino und setzte ihn gleich auf.

Ich sah nicht schlecht damit aus. Der Hut war hoch und hatte eine schmale Krempe, er war schwarz und sehr weich.

Ich musterte mein Spiegelbild im Schaufenster, schob den Hut ein paarmal hin und her, bis er richtig saß und auch seinen Zweck erfüllte. Dann machte ich mich auf ins nächste Kasino.

Ein paar Minuten nach neun entdeckte ich sie im Charlton Room. Ich trank gerade einen Bourbon Sour und beobachtete das Roulette, als ich sie sah. Sie waren an einem Würfeltisch, nur ein paar Meter von mir entfernt. Ich nahm meinen Drink und entfernte mich.

Ich hatte gewusst, dass sie nicht allein sein würde.

Ich hätte sogar beschreiben können, wie er aussah: schwarzes Haar – schwarz, nicht dunkelbraun –, breite Schultern und ein teurer Anzug. Das Haar eine Spur zu sorgfältig frisiert, sodass keine Strähne falsch lag. Die Kleider standen ihm ein wenig zu gut, das Understatement war zu auffällig, als dass es echt sein konnte. Und er lachte oft. Nur zwei Arten von Männern sehen so aus und verhalten sich so: Gigolos und Homos. Und er war kein Homo.

Ich kenne die Spielregeln. Sie gab ihm etwas Geld, mit dem er spielen konnte, und er behielt es, egal ob er gewann oder verlor. Natürlich behauptete er immer, dass er verloren hatte. Sie konnte es glauben oder auch nicht, je nachdem, in welcher Stimmung sie war.

Wahrscheinlich wusste sie aber nicht, dass er auch einen Prozentsatz von ihren Verlusten erhielt. Das hatte das Kasino sich einfallen lassen, damit er sie so lange wie möglich an den Spieltischen hielt. Sie konnte es nicht wissen, doch wahrscheinlich wäre es ihr gleichgültig gewesen. Geld hatte für sie nur dann eine Bedeutung, wenn sie nicht bekam, wofür sie bezahlte.

Ich versuchte den Gigolo zu hassen, konnte es aber nicht. Er konnte mich nicht verletzen. Außerdem wusste ich nur deshalb so viel über die Art, wie er sein Geld verdiente, weil ich das gleiche Spiel von Zeit zu Zeit selbst betrieben hatte. Es ist schwierig, jemanden zu verachten, dem man so ähnlich war.

Jetzt hielt sie die Würfel in der Hand. Aber sie passte nicht ganz zum Stereotyp der Frau, die sich einen Mann aushält. Normalerweise will eine solche Frau sich auf Teufel komm raus amüsieren. Sie lächelt ständig, gestikuliert heftig, und ihr Lachen klang brüchig. Und darunter eine profunde Unsicherheit. Man erkennt es daran, wie sie den Ellbogen ihres Gespielen zu fest umklammert, daran, dass sie über Dinge lacht, die nicht witzig sind, an dem generellen Eindruck, als wäre sie eine mittelmäßige Schauspielerin bei einem sehr wichtigen Vorsprechen. Doch wem spielt sie diese Rolle vor? Der Welt? Oder sich selbst?

Doch Mona war nicht so. Es war kaum zu begreifen, aber sie schien sich entsetzlich zu langweilen. Der Bursche an ihrer Seite war ein Traum von einem Mann, und sie schien ihn kaum wahrzunehmen. Das Würfelspiel hatte ein Tempo, wie es nur selten der Fall ist, und es langweilte sie zu Tode. Sie warf die Würfel von sich, nicht als hasste sie sie, sondern als wollte sie die Dinger loswerden.

Ich konnte den Blick nicht von ihr abwenden. Immer wieder musterte ich ihr Gesicht und versuchte diese Schönheit, ja, diese Unschuld mit der Person in Verbindung zu bringen, die mich hintergangen hatte. Ich sah sie an, starrte sie an und versuchte wieder, aus all den Teilen dieses Rätsels schlau zu werden und zu begreifen, wie das alles geschehen konnte. Ich stellte mir vor, wie es wäre, mit ihr zusammenzuleben. Und dann stellte ich mir vor, wie es wäre, ohne sie zu leben. Mir wurde klar, dass ich weder das eine noch das andere tun konnte.

Monas Anblick erinnerte mich an das andere Mädchen, das Mädchen aus dem *Eden Roc*. Ich hatte ihren Namen vergessen, aber ich erinnerte mich, dass sie in der Bronx wohnte, bei einer Versicherungsgesellschaft arbeitete und sich im Urlaub amüsieren wollte. Ich erinnerte mich daran, wie wir einander geliebt hatten, und wie sie aussah, als sie eingeschlafen war. Damals hatte ich gedacht, wie gut es wäre, sich in sie zu verlieben, sie zu heiraten und das ganze Leben mit ihr zu teilen.

Aber ich hatte mehr als ihren Namen vergessen.

Ich wollte mir ihr Gesicht vergegenwärtigen, doch es gelang mir nicht. Ich versuchte, mich an ihre Stimme zu erinnern, aber ich wusste nicht, wie ihre Worte geklungen hatten. In meiner Vorstellung war nur ein abstraktes Bild geblieben, das aus den Eigenschaften des Mädchens bestand. Sie hatte viele Vorzüge gehabt. Mona hatte fast keine davon, nur ihre Schönheit.

Und doch blieb alles, was Mona betraf, unwiderruflich in meinem Gedächtnis haften.

Ich fand einen Spielautomaten, der Fünfcentstücke annahm, und warf einen hinein. Ich zog sehr lang-sam an dem Hebel und beobachtete die sich drehen-den Scheiben. Bei einer Glocke, einer Kirsche und einer Zitrone kamen sie zum Stillstand. Die Fünfcentautomaten machten viel mehr Spaß als die Automaten, in die man einen Dollar hineinwerfen musste. Ich konnte nichts gewinnen, aber auch nichts verlieren. Hier verschwendete ich nichts als meine Zeit, und ich konnte zusehen, wie sich die Scheiben drehten.

Wieder versuchte ich es. Diesmal hatte ich Glück, und als der Rotator stoppte, waren die gleichen Bilder auf den drei Scheiben. Zwölf Fünfcentstücke purzelten in den Ausgabeschlitz.

Ich konnte nicht mit ihr leben, und ich konnte nicht ohne sie leben. Ein interessantes Problem. Ich hatte mir früher vorgestellt, wie es sein würde, Mona zur Frau zu haben. Ich wusste inzwischen, wie ihr Verstand arbeitete. Keith war tot, nicht weil sie ihn gehasst hatte, oder weil sie mich gewollt hatte, sondern weil sie ihn nicht mehr brauchte. Er war überflüssig geworden, und deshalb hatte sie ihn sich vom Hals geschafft. Wenn ich seine Stelle einnahm, würde es nicht viel anders laufen. Nicht dass sie mich töten würde, aber sie würde mich verlassen oder alles dafür tun, dass ich sie verließ. Es konnte nicht funktionieren mit uns beiden.

Und ich wusste verdammt gut, was geschehen würde, wenn ich versuchte, ohne sie zu leben. Ganz gleich wo oder mit wem ich zusammen war, würde ich jede Nacht an sie denken. Jede Nacht würde ich mir ihr Gesicht vorstellen, mich an ihren Körper erinnern und mich fragen, wo sie war und mit wem sie schlief, was sie für ein Kleid trug und ...

Ein Mann ermordet eine Frau und verkündet: *Wenn ich sie nicht haben kann, dann soll sie auch kein anderer haben* – es ist eines der gängigsten Motive für Mord auf der Welt. Früher hatte ich das nie begreifen können. Jetzt fing ich an, es zu verstehen.

Aber ich hatte entschieden, dass ich sie nicht töten konnte.

Ich konnte nicht ohne sie und nicht mit ihr leben. Ich konnte sie nicht töten. Und ich hatte auf keinen Fall vor, mich selbst umzubringen. Mein Problem schien unlösbar.

Wieder warf ich ein Fünfcentstück in den Spielautomaten. Ziemlich clever, dachte ich, dass ich von ganz allein auf die Lösung gekommen war. Ich zog am Hebel und blickte auf die rotierenden Scheiben.

Später gingen sie noch in ein anderes Kasino. Es war Mitternacht, als sie es verließen, Mitternacht oder kurz danach. Sie hatten ein paar Drinks gehabt und waren augenscheinlich beide etwas beschwipst. Sie gingen zu Fuß, und ich folgte ihnen zum *Roycroft*. Es war das beste Hotel in Tahoe. Ich war mir ziemlich sicher gewesen, dass sie dort wohnen würden.

Ich wartete draußen und betrat die Lobby erst, als sie schon im Lift auf dem Weg hoch in ihr Zimmer sein mussten. Ich sah mich um, aber diesmal fiel mir der allgegenwärtige Geruch nach Geld kaum mehr auf. Teufel, das *Eden Roc* war mindestens ebenso luxuriös. Und ich hatte dort die Rechnung sogar selbst bezahlt. Wenigstens fast. Jedenfalls wurde es immer schwieriger, mich zu beeindrucken.

Ich entdeckte den Chefportier und ging auf ihn zu. Er musterte mich sorgfältig, von dem neuen Borsalino bis hinab zu Keiths Schuhen, die ich trug. Dann blickte er mir direkt in die Augen.

»Das Paar, das gerade hereingekommen ist«, sagte ich. »Haben Sie es bemerkt?«

»Kann schon sein.«

Der hier kam direkt aus Hollywood. Ich lächelte sanft. »Ein ziemlich gut aussehendes Paar«, sagte ich. »Wissen Sie, ich könnte wetten, Sie haben keine besonders gute Beobachtungsgabe. So ein Paar geht an Ihnen vorbei, die beiden wohnen hier im Hotel, und Ihnen fällt es nicht mal auf.«

Er erwiderte nichts.

»Ich meine«, sagte ich, »ich wette mit Ihnen um zwanzig Dollar, dass Sie nicht einmal wissen, in welchem Zimmer sie wohnen.«

Er überlegte. »Okay«, meinte er dann. »Achthundertvier.«

Ich reichte ihm die zwanzig. »Das war ziemlich gut«, sagte ich. »Aber richtig beeindruckt bin ich noch nicht. Ich wette einen Hunderter, dass Sie keinen Schlüssel haben, mit dem man die Tür von Zimmer achthundertvier aufbekommt.«

Beinahe hätte er gelächelt. »Kein Problem«, sagte er.

Er verschwand und tauchte nach einer Weile wieder auf. Dann tauschte er einen Schlüssel gegen eine Hundertdollarnote.

»Wenn es Ärger gibt«, sagte er, »wissen Sie nicht, woher Sie den Schlüssel haben.«

»Ich hab ihn unter einem Stein gefunden.«

»Genau«, sagte er. »Sie halten also den Mund, ja?«

»Klar.«

Er musterte mich noch einmal sehr genau. »Kapieren tu ich's nicht«, meinte er.

»Für hundertzwanzig müssen Sie das auch nicht.«

Er zuckte mit den Schultern. »Reine Neugier«, sagte er. »Die menschliche Komödie.«

»Zu viel Neugier kann einem gefährlich werden.«

Er hob wieder die Schultern. »Sind Sie ihr Mann?«

Ich schüttelte den Kopf.

»Das hätte mich auch gewundert. Aber ...«

»Der Bursche, der bei ihr ist«, sagte ich. »Haben Sie ihn gesehen? Der mit dem breiten Kreuz und den schwarzen Haaren.«

Sein Gesichtsausdruck verriet mir deutlich, was er von dem Burschen hielt.

»*Der* ist ihr Mann«, erklärte ich. »Ich bin ihr eifersüchtiger Geliebter. Das Miststück betrügt mich mit ihm.«

Er seufzte. Es war besser als ein Schulterzucken. »Wenn Sie mich nur verarschen wollen«, sagte er, »setze ich mich lieber vor den Fernseher. Das macht mehr Spaß.«

Er hatte ein Recht auf seine Meinung. Ich setzte mich in einen Sessel in der Lobby und ließ ihnen Zeit, damit sie richtig in Fahrt kommen konnten. Die Decke war schalldicht, und ich zählte die kleinen Löcher in dem Material. Natürlich zählte ich nicht wie ein Idiot jedes einzelne Loch. Ich zählte die Löcher in einem der Vierecke und dann kriegte ich heraus, wie viele Vierecke an der Decke sind. Und dann multiplizierte ich.

Was auch immer. Löcher in der Decke zu zählen ist auch eine Beschäftigung.

Ich rauchte meine Zigarette zu Ende, stand auf und steckte mir eine andere in den Mund. Ich zündete sie an und nahm einen langen Zug. Ich sog den Rauch bis in die Lungen und hielt ihn dort fest. Dann ließ ich ihn langsam in einer dünnen Säule aus Rauch entweichen. Auf diese Weise wird man etwas benommen; aber diese Benommenheit gibt einem auch Selbstvertrauen. Ich fühlte mich sehr selbstsicher.

Ich ging zum Lift. Der Liftboy las die Morgenzeitung. Er studierte die Rennberichte. Ist schon blöd, wenn man in Nevada lebt und immer noch auf Pferde setzen muss. Ich schüttelte traurig den Kopf, und er blickte zu mir hoch.

»Acht«, sagte ich.

Er gab keine Antwort, steuerte den Aufzug hoch in den achten Stock, wo ich ausstieg. Die Tür schloss sich, und er fuhr wieder hinunter, um weiter seine Rennberichte zu lesen. Hoffentlich verlor er jedes einzelne Rennen. Ich kam mir sehr fies vor.

Ich ging den Gang entlang und stellte bei der ersten Zimmernummer fest, dass ich in der falschen Richtung ging. Ich kehrte um und arbeitete mich bis 804 vor. Ein Bitte-nicht-stören-Schild hing am Türknopf. Das kam mir äußerst komisch vor. Ich überlegte, ob ich aus Spaß anklopfen sollte, damit sie mir durch die Tür zurufen konnten, ich solle verschwinden.

Ich klopfte nicht.

Stattdessen rauchte ich meine Zigarette zu Ende. Statt sie in dem dicken Teppich auszutreten, ging ich den Gang zurück bis zum Lift und drückte den Stummel in einer Vase mit Sand aus. Dann ging ich zurück und stand noch eine Weile vor der Tür.

Zwischen der Tür und der Schwelle war ein schmaler Lichtstreifen zu sehen. Er war nicht besonders hell. So als wäre eine kleine Lampe eingeschaltet.

Das hieß, dass die Bühne bereit war.

Ich nahm den Schlüssel aus der Tasche und steckte ihn ins Schloss. Kein Laut war zu hören, auch nicht, als ich den Schlüssel umdrehte. In Gedanken bedankte ich mich bei dem käuflichen Chefportier. Ein Federmesser war wirksam, aber nicht so subtil. Mir kam es sehr darauf an, subtil vorzugehen.

Es war ein sehr gut geführtes Hotel. Die Tür quietschte nicht einmal. Ich öffnete sie ganz, und da lagen sie.

Das Deckenlicht war ausgeschaltet, aber sie hatten das Licht im begehbaren Kleiderschrank angelassen, was sehr nett von ihnen war. Auf die Weise konnte ich alles sehen, ohne die Augen zusammenkneifen zu müssen. Und es gab einiges zu sehen.

Sie lag auf dem Bett. Ihr Kopf ruhte auf dem Kopfkissen, und ihre Augen waren geschlossen. Ihre Beine waren weit gespreizt.

Er lag zwischen ihren Beinen. Er verdiente sich sein Geld und legte sich dabei mächtig ins Zeug. Spaß schien er auch daran zu haben. Genau wie sie. Aber ob sie wirkliche Leidenschaft empfanden, war bei beiden nicht mit Sicherheit festzustellen.

Ich trat ein und dankte dem toten Keith dafür, dass seine Schuhe nicht knirschten. Ich drehte mich um und schloss die Tür. Sie hörten mich nicht und bemerkten mich auch sonst nicht.

Dazu waren sie zu beschäftigt.

Ein paar Sekunden lang schaute ich ihnen zu. Als Kind hatte ich zufällig einmal meinen Vater und meine Mutter dabei erwischt, wie sie sich liebten. Ich war zu jung gewesen, um wirklich zu verstehen, was sie taten. Aber ich wusste, was Mona und ihr Freund trieben, und ihr Liebesspiel hatte etwas fast Hypnotisches. Vielleicht war es der Rhythmus. Ich weiß es nicht.

Und dann war der richtige Moment gekommen. Ich hätte gern etwas wahnsinnig Schlagfertiges gesagt, aber mir kam kein cleverer Spruch in den Sinn, der wirklich gepasst hätte. Eine Schande. Man bekommt nicht oft so eine Gelegenheit wie diese.

Aber mir fiel nichts Schlaues ein. Und ich hatte nicht die ganze Nacht Zeit. Was ich schließlich von mir gab, war so ziemlich das Banalste, was man in so einem Moment sagen konnte. Klar und eindeutig, aber nicht sehr originell.

Ich sagte: »Hallo, Mona.«

13

Sie brachten nicht einmal zu Ende, was sie gerade taten. Sie hörten sofort auf. Er wälzte sich von ihr herunter und stand schon neben dem Bett, während sie noch dalag und versuchte, sich mit den Händen zu bedecken. Es war eine lächerliche Geste.

Er hätte sich anziehen, die Schuhe binden und an mir vorbeigehen können. Mit ihm hatte ich keinen Streit. Ich war zwar noch nicht so weit, dass ich ihm meine unsterbliche Liebe verkündete. Aber ich wollte ihm auch nicht die Zähne einschlagen. Er war nicht mehr in seinem Element. Seine Schlafzimmerakrobatik hatte sich in etwas ganz anderes verwandelt, und es war an der Zeit, dass er seine Hose zusammensammelte und nach Hause ging.

Das war nicht sein Stil. Für ihn gab es nur eine Sicht der Dinge: Ich hatte seine Privatsphäre verletzt, ihn bei seiner Akrobatik unterbrochen und ihn lächerlich aussehen lassen. Das war die einzige Diagnose, die seine schönen blauen Augen an sein Gehirn weitergeben konnte, und bei jemandem, der so von seinen Muskeln beherrscht war, gab es nur ein einzige Reaktion auf diese Art von Informationen.

Er griff mich an.

Wahrscheinlich hatte er früher einmal Football gespielt. Er kam mit gesenktem Kopf und ausgestreckten Armen auf mich zu. Jeder sieht in dieser Haltung dumm aus, aber er wirkte noch dümmer. Er war nackt, und *alle* Männer wirken nackt lächerlich. Aber dann war noch etwas. Ich starrte von oben auf seinen Kopf, als er sich auf mich stürzte, und ich sah, dass jede einzelne Haarsträhne wie durch Zauber liegen blieb.

Ich trat ihm ins Gesicht.

Er machte eine Art Rückwärtspurzelbaum und kam dann auf seinem Hintern zu sitzen. Meine Schuhspitze hatte ihn voll am Kinn getroffen, und er war benommen – nicht verletzt, keine Schramme, aber benommen.

Er versuchte aufzustehen.

So komisch es klingt, doch ich war immer noch nicht wütend auf ihn. Aber ich musste ihm deutlich machen, welche marginale Rolle er in der ganzen Geschichte spielte. Ich wollte ihn loswerden. Ich hatte Wichtigeres zu tun, als mich um diesen bescheuerten Idioten zu kümmern.

Ich machte mir nicht die Mühe, fair zu spielen. Das wäre dumm gewesen. Ich wartete, bis er halb aufgestanden war. Dann trat ich ihm noch einmal ins Gesicht. Diesmal traf ich besser. Seine Lippe platzte, und er verlor einen Zahn. Für einen Monat oder so würde er nicht besonders hübsch aussehen.

Auch seinen Lebensunterhalt würde er sich nicht verdienen können, denn den nächsten Tritt verpasste ich ihm zwischen die Beine. Tief in seiner Kehle gab er einen Ton von sich wie ein kleines Mädchen, noch ein halb ersticktes Stöhnen, dann war Ruhe.

Er war ohnmächtig geworden.

Ich wandte mich Mona zu. Sie hatte sich in einen Morgenrock gehüllt. Ich konnte sehen, dass sie Angst hatte, aber irgendwie brachte sie es fertig, diese Angst nicht zu zeigen. Das wenigstens musste ich anerkennen.

Ich wartete. Schließlich versuchte sie zu lächeln, gab es auf und seufzte. »Ich glaube, ich sollte jetzt wahrscheinlich etwas sagen«, meinte sie. »Aber wo soll ich anfangen?«

Ich steckte mir eine Zigarette an.

»Ich wäre nach Miami gekommen«, sagte sie. »Ich hatte nur Angst, wenn wir zu schnell Verbindung aufnehmen ...«

»Halt's Maul.«

Sie sah aus, als hätte ich ihr ins Gesicht geschlagen.

»Du brauchst nicht zu reden«, sagte ich. »Ich rede. Aber zuerst schmeißen wir deinen Freund raus.«

»Er ist nicht mein Freund.«

»Ein paar Sekunden lang saht ihr mir beide aber doch sehr freundlich aus.«

Sie schluckte. »Er war nicht wie du, Joe. Niemand hat mir so viel bedeutet. Du warst immer der Beste. Du ...«

»Spar dir das«, sagte ich. Ich ärgerte mich, dass sie mir mit dieser Masche kam. Wenigstens etwas Besseres hätte sie sich ausdenken können. »Wir schaffen deinen Freund jetzt weg«, sagte ich noch einmal. »Dann reden wir.«

Ich ging zum Telefon, nahm den Hörer und verlangte den Chefportier. Er war sofort da.

»Oben«, sagte ich, »in Achthundertvier. Sie könnten eine Kleinigkeit für mich erledigen. Mir einen Gefallen tun.«

»Sie sind der eifersüchtige Liebhaber?«

»Genau.«

»Sind Sie immer noch in Spendierlaune?«

»Ja, sehr. Und Sie sind immer noch scharf aufs Geld?«

Ein leises Lachen. »Bin gleich da«, sagte er und legte auf.

Ich sah nach dem Knaben mit den breiten Schultern. Er war immer noch weggetreten. »Zieh ihn an«, befahl ich ihr. »Und zwar schnell. Zieh ihm die Kleider an. Er braucht nicht schön aussehen, aber zieh ihn an.«

Sie machte sich ans Werk.

»Der Chefportier kommt jeden Moment«, fuhr ich fort. »Mach keine Dummheiten. Du schaffst es doch nicht. Wenn es sein muss, bringe ich uns beide auf den elektrischen Stuhl.«

»Das würdest du nicht tun.«

»Bist du dir da sicher?«

Keine Antwort. Sie zog ihn weiter an, und ich wartete auf den Portier. Ein paar Minuten später klopfte es sehr diskret an der Tür, und ich ließ ihn herein.

Ich gab ihm noch einen Hunderter. »Unser Freund hier hatte einen Unfall«, sagte ich. »Zu viel getrunken. Dann ist er gestürzt und hat sich verletzt. Jemand sollte ihn nach Hause schaffen.«

Er blickte zu dem Kerl, dann zu mir. »Praktisch, so ein Unfall«, sagte er. »Und es hat genau den Richtigen erwischt. Er lebt doch noch, oder?«

Ich nickte. »Das schon. Aber er ist müde«, sagte ich. »Ich bin auch müde. Ich würde ihn selbst in sein Apartment zurücktragen. Aber ich brauche meinen Schlaf. Deshalb dachte ich, Sie würden das vielleicht für mich übernehmen.«

Er lächelte.

»Noch etwas«, meinte ich. »Die Dame und ich möchten gerne allein sein. Eine ganze Weile lang. Keine Telefonanrufe. Niemand, der an der Tür klopft. Können Sie dafür sorgen, dass uns niemand stört?«

Er sah zuerst Mona und dann mich an. »Ein Kinderspiel.«

Ich wartete, während er den schönen Mann aufhob. Er legte ihn sich über die Schultern und lächelte mich traurig an. Dann trug er ihn wie einen Sack nasser Wäsche aus dem Zimmer. Ich schloss die Tür hinter ihm und verriegelte sie.

Sie wandte sich zu mir um. Diesmal waren ihre Augen geweitet, die Angst war deutlich in ihnen zu sehen. Auch das Atmen fiel ihr nicht leicht.

»Wirst du mich umbringen, Joe?«

Ich schüttelte den Kopf.

»Was willst du dann? Geld? Du kannst die Hälfte haben, Joe. Es ist so viel. Mehr als ich je brauche, mehr als du brauchst. Du kannst die Hälfte haben. Das ist doch ein faires Angebot. Ich überlasse dir die Hälfte. Ich wollte dir sowieso die Hälfte geben, und …«

»Lüg mich nicht an.«

»Es ist die Wahrheit, Joe. Ich …«

»Du sollst mich nicht anlügen.«

Sie verstummte und sah mich an. In ihren Augen lag ein verletzter Ausdruck. Mit ihren Blicken sagte sie mir, dass ich sie keine Lügnerin nennen sollte, dass das nicht nett sei. Zu einem hübschen Mädchen, so wie sie eines war, musste man nett sein.

»Keine Lügen«, sagte ich. »Wir spielen jetzt ein ganz neues Spiel. Es heißt *Stunde der Wahrheit*. Wie im Fernsehen.«

Sie sah sehr nervös aus. Ich steckte eine Zigarette an und reichte sie ihr. Sie hatte sie nötig.

»Du warst verdammt gut«, sagte ich. »Du warst so gut, dass du nicht einmal alle Schwachstellen verbergen musstest. Du hast mich die Lücken in deiner Geschichte sehen lassen, und ich hab sie als Zufälle abgetan. Das war sehr gut.«

Ich erinnerte mich an den Hitchcock-Film, den ich in Cleveland gesehen hatte. Wenn die Regie stimmte, nahmen die Zuschauer die irrsten Zufälle als Erklärungen hin. Und Mona war ein ausgezeichneter Regisseur.

»Fangen wir vorn an«, sagte ich. »Keith hat angeblich Heroin importiert. Das war sein Geschäft. Du wusstest angeblich überhaupt nichts davon. Das hätte mir von Anfang an auffallen müssen. Wie, zum Teufel, hätte er ein solches Geschäft führen können, ohne dass du je etwas davon mitkriegst? Und warum sollte er dich mit nach Atlantic City nehmen, während er dort ein Geschäft abwickelte? Er war nicht auf Urlaub in der Stadt. Er hatte cine Lieferung für Max Treger dabei, und du wusstest von Anfang an darüber Bescheid. Das war verdammt clever eingefädelt.«

Sie sah mich unglücklich an.

»Ich stell mir das so vor«, fuhr ich fort. »Du warst am Bahnhof. Du hast gesehen, wie ich Keiths Koffer genommen habe. Er hat es nicht gesehen, aber du. Du hättest mich sofort aufhalten können, aber das war viel zu einfach. Du hast plötzlich verschiedene Möglichkeiten gesehen, dir sind tausend Pläne durch den Kopf gegangen. Vielleicht sprang etwas für dich dabei heraus. Deshalb hast du nichts gesagt.

Also, ich hatte die Koffer genommen. Dann hast du mich aufgegabelt. Mag sein, dass du dir etwas Zeit gelassen hast, aber lange hast du jedenfalls nicht gewartet. Du hast mich am Strand gefunden, dich mit mir verabredet und dich dann nachts am Strand mit mir getroffen. Du hast mich nach und nach herausfinden lassen, wer du warst. L. Keith Brassards hübsche kleine Frau nämlich. Du hast mich zwei und zwei zusammenzählen lassen, bis ich auf fünf kam.«

»Ich mochte dich.«

»Du warst verrückt nach mir. Am nächsten Morgen hat die Zimmermädchennummer auch ausgezeichnet geklappt. Du hast gewusst, dass ich das Heroin hatte, doch nicht mehr. Irgendwo musste etwas für dich in der Sache stecken. Du hast in meinem Zimmer herumgeschnüffelt. Zum Teufel, selbst wie du mich geweckt hast, war eine tolle Nummer. Du hast mich geschüttelt und herumgeplappert, dass du Keiths Koffer in meinem Schrank gefunden hast. Es war wirklich genial. Du musstest mir nicht einmal vorspielen, dass du verwirrt warst. Du warst wirklich ziemlich irritiert. Du hast den Stoff nicht gefunden. Das hat dich total durcheinandergebracht.«

Ich hielt inne und schüttelte den Kopf. Es hörte sich irgendwie anders an, wenn ich es laut aussprach und mir nicht nur im Kopf zusammenreimte. Alles passte perfekt zueinander. Falls ich noch Zweifel gehabt hatte, waren sie jetzt ausgeräumt. Die Geschichte fügte sich nahtlos zusammen.

»Hättest du den Stoff in meinem Zimmer gefunden, wärst du damit wahrscheinlich auf und davon gewesen. Gott weiß, was du damit getan hättest. Vielleicht hättest du versucht, auf eigene Faust ein Geschäft damit zu machen, oder es an Keith zurückverkauft oder so etwas. Gott weiß. Aber du hast gemerkt, dass du es nicht so einfach zurückbekommst. Und dann hast du ernsthaft Pläne geschmiedet. Vielleicht könntest du mich dazu benutzen, Keith für dich umzubringen. Das war doch eine gute Idee, nicht wahr?

Und du hast es perfekt inszeniert, hast mich selbst auf den Gedanken kommen lassen und mich in dem Glauben bestärkt, es wäre von Anfang an meine Idee gewesen. Du hattest genug von ihm. Er ist dir auf die Nerven gegangen, und du wolltest raus aus dieser Ehe. Aber du wolltest auch das Geld, und vielleicht konnte ich es dir verschaffen. Du hast die Sache kaltblütig durchgezogen, Mona. Du warst perfekt.«

»So war es nicht, Joe …«

»Doch, zum Teufel, genau so war es. So einfach. So verdammt einfach, dass ich keine Sekunde gezweifelt habe. Du warst eine wunderbare Schauspielerin. Sogar im Bett. Hast so getan, als wärst du verliebt in mich. Du warst perfekt, und ich bin voll drauf reingefallen.«

Ihr Gesichtsausdruck war seltsam. Sehr traurig, bedrückt. Ich blickte ihr in die Augen und versuchte, sie zu ergründen. Doch ihre Augen verrieten nichts.

Also gab ich auf. Ich saß da und sah sie an, und sie sah mich an. Ich rauchte noch eine Zigarette. Als sie schließlich zu reden anfing, war ihre Stimme kaum mehr als ein Flüstern. Sie spielte kein Theater mehr. Ich wusste, dass sie mir jetzt die Wahrheit sagte, weil sie keinen Grund mehr hatte zu lügen. Das wusste ich, das begriff ich. Deshalb konnte sie mich nicht mehr anlügen. Die Lügen würden nur auf sie zurückfallen.

Sie sagte: »Es ist noch mehr, Joe.«

»Ja?«

Ein langsames Nicken.

»Dann sag es mir. Ich bin ein guter Zuhörer.«

»Du glaubst wahrscheinlich, dass es mir nur um das Geld ging«, sagte sie. »Das stimmt nicht. Ach, am Anfang war das Geld das Wichtigste, das gebe ich zu. Aber dann … dann waren wir zusammen, und es war … mehr … als nur das Geld. Es ging um uns beide. Ich dachte darüber nach, wie es sein würde, wenn du und ich zusammen wären. Ich dachte darüber nach und ...«

Sie hielt inne. Die Stille in dem Hotelzimmer war körperlich fühlbar. Ich zog an meiner Zigarette.

»Aber irgendwann ist es dir dann doch wieder nur um das Geld gegangen. Weil du mich nicht mehr gebraucht hast.«

»Vielleicht.«

»Was sonst?«

Sie überlegte einen Augenblick, ehe sie antwortete. »Weil du ihn getötet hast«, sagte sie.

»Wie bitte?«

»Du hast ihn getötet«, sagte sie. »Sicher, wir waren beide schuldig. Juristisch gesehen, meine ich. Das weiß ich. Aber ... in mir, wenn ich daran dachte, dann warst du derjenige, der ihn umgebracht hat. Und wenn ich zu dir ging, dann war ich an dem Mord beteiligt. Aber wenn ich alleine blieb, dann war es etwas anderes. Ich konnte so tun, als wäre er einfach ... gestorben. Als hätte ihn jemand getötet, aber ich hatte nichts zu tun damit.«

»Hat das funktioniert?«

Sie seufzte. »Vielleicht. Ich weiß nicht. Eine Weile lang. Dann dachte ich an dich und ich wusste, dass du in Miami auf mich wartest und dich fragst, was schiefgelaufen ist. Und ich dachte, dass dir etwas zustand für den ... für das, was du getan hast. Deshalb habe ich dir das Geld geschickt. Die dreitausend Dollar.«

»Ich wusste gar nicht, dass du ein Gewissen hast.«

Sie brachte ein Lächeln zustande. »So ein schlechter Mensch bin ich nicht.«

»Nein?«

»Nicht so schlecht. Schlecht, aber nicht verkommen. Nicht wirklich.«

Sie hatte recht. Und mir wurde klar, dass ich das schon die ganze Zeit gewusst hatte. Ein eigenartiges Gefühl.

»Was nun, Joe?«

Ihre Worte brachen das Schweigen. Ich wusste, was jetzt kam, aber ich scheute mich davor, es ihr zu sagen. Ich wollte den Augenblick ausdehnen, bis er so lang wie eine halbe Ewigkeit war. Ich wollte nicht, dass dieses *Was nun?* jetzt schon kam. Wir waren beide noch nicht bereit dazu.

»Joe?«

Ich gab keine Antwort.

»Du hast gesagt, du wirst mich nicht töten. Hast du es dir anders überlegt, Joe?«

Ich sagte ihr, dass ich sie nicht töten würde.

»Was willst du dann tun?«

Ich drückte die Zigarette aus und atmete tief ein. Die Luft im Zimmer war zum Schneiden dick, zumindest kam es mir so vor. Das Atmen bereitete mir Mühe.

»Mich heiraten?«

Ich nickte.

»Du willst mich heiraten«, sagte sie. Ihre Stimme hatte einen leichten, fast flüchtigen Klang. Sie sprach mehr mit sich selbst als mit mir, als sie die Worte ausprobierte. »Nun ja, in Ordnung. Ich … Es ist nicht sehr romantisch. Aber wenn du das haben willst, meinetwegen. Ich werde mich nicht wehren.«

Ich hörte ihre Worte und lauschte auf die dahinterliegende Bedeutung. Ich versuchte ein letztes Mal, mir vorzustellen, wir beide wären glücklich verheiratet. Wieder wurde das Bild nicht scharf. So, wie sie es sich wünschte, funktionierte es nicht.

Bei Gott, ich wünschte, es könnte funktionieren. Aber das tat es nicht, nicht ohne meine kleine Lösung.

Meine Methode war der einzige Weg, so sehr sie mir auch widerstrebte.

Also setzte ich mich neben sie, rückte dicht zu ihr und lächelte sie sanft an. Sie erwiderte das Lächeln zögernd. Ihre Welt begann vor ihren Augen wieder Gestalt anzunehmen. Da waren wir, lächelten einander zu, und bald würde alles in Ordnung sein. Eine kleine Veränderung im Plan natürlich, aber nichts Drastisches.

Ich sagte: »Es tut mir leid, Mona.«

Und dann schlug ich sie. Ich erwischte die richtige Stelle genau über der Nasenwurzel, und ich schlug nicht allzu fest zu. Ein kräftiger Schlag auf die Nase bricht den Knochen und jagt Splitter ins Gehirn. Aber ich war sanft. Ich hatte sie nur k. o. geschlagen. Sie verlor sofort die Besinnung und fiel mir schlaff in meine Arme.

Als sie ein paar Minuten später zu sich kam, hatte sie einen Knebel im Mund. Die Füße hatte ich ihr mit Stoffstreifen zusammengebunden, die ich vom Bettlaken abgerissen hatte, ebenso die Hände hinter ihrem Rücken.

Sie starrte mich an, und in ihrem Gesicht stand das blanke Entsetzen.

»Eines Tages wirst du dich daran gewöhnen«, sagte ich. »Eines Tages wirst du verstehen. Ich erwarte nicht, dass du es jetzt begreifst. Aber irgendwann wirst du es begreifen.«

Ich nahm die beiden Päckchen aus der Jackentasche, die zusammengerollte Papiertüte und das Lederetui. Ich machte die Tüte auf und nahm eine der kleinen schwarzen Kapseln heraus. Dann öffnete ich das Etui und zeigte ihr, was darin war.

Sie stöhnte auf.

»Komisch«, sagte ich, »wie wir immer wieder darauf zurückkommen. Keith hat es verkauft, ich habe es gekauft. Und weißt du, was wirklich komisch ist? Ich musste gutes Geld für das Zeug bezahlen. Eine ganze Schachtel davon habe ich weggeworfen, um Keith hereinzulegen, habe Heroin im Wert von einem Vermögen in seinem Büro verteilt, damit es auch überzeugend für die New Yorker Bullen aussah. Und hier sind wir. Wieder da, wo wir am Anfang waren.«

Ich nahm den kleinen Löffel aus dem Lederetui. Es war ein Löffel, wie man ihn in den Cafés im Greenwich Village bekommt, um den Espresso damit umzurühren. Ich legte die Kapsel auf den Löffel und holte mein Feuerzeug heraus. Ich knipste es an. Dann hielt ich den Löffel über die Flamme und sah zu, wie das Heroin sich auflöste. Meine Hand war erstaunlich ruhig.

Ich sah Mona an. Sie starrte wie gebannt auf die kleine Flamme des Feuerzeugs, wie eine Katze vor dem Feuer. Heißes Eis.

»Du bist zu unabhängig«, sagte ich. »Du lebst nur in dir selbst. Und wenn die Leute dir zu viel nehmen, zu viel von deiner Persönlichkeit, dann rennst du weg und versteckst dich. Das ist nicht gut.«

Sie gab natürlich keine Antwort. Teufel, sie hatte einen Knebel im Mund. Aber ich fragte mich, was sie dachte.

»Also wirst du etwas weniger unabhängig sein. Du wirst etwas haben, wovon du abhängig bist.«

Ich nahm die Injektionsspritze. Ich schob den Kolben ganz hinein und steckte die Nadelspitze in das aufgelöste Heroin auf dem Löffel. Als ich den Kolben zurückzog, füllte sich die Nadel mit dem flüssigen Heroin.

Die Nadel sah sehr groß aus. Sehr gefährlich. Monas

Augen waren rund, und man konnte förmlich hören, wie sich ihre Gedanken überschlugen. Sie wollte es nicht glauben, aber sie musste.

»Keine Angst«, sagte ich, obwohl das natürlich dumm war. »Es ist nicht so schlimm, nicht wenn man Geld hat. Man spritzt sich ein paarmal am Tag und führt ein Leben fast wie ein normaler Mensch. Weißt du, in welcher Bevölkerungsgruppe sich der höchste Anteil an Süchtigen findet? Bei den Ärzten. Weil sie Zugang zu dem Stoff haben. Sie sind meistens morphiumsüchtig, aber das ist beinahe das gleiche wie Heroin. Sie bekommen, so viel sie brauchen. Wenn du nie einen Entzug machen musst, dann ist es nicht so schlimm. Alkohol zum Beispiel ist für den Körper viel schädlicher.«

Sie konnte mir nicht mehr zuhören. Und ich war grausam, ließ mir viel zu viel Zeit, um zu tun, was ich tun musste. Ich hörte auf zu reden.

Ich fand eine gute Stelle an der muskulösen Innenseite ihres Schenkels. Später konnte ich ihr die Spritze direkt in die Hauptader setzen, der Vene, die direkt zum Herzen führt. Aber für den Augenblick genügte ein Schuss unter die Haut. Ich wollte nicht, dass ihr von einer Überdosis schlecht wurde.

Ich hob die Nadel, stach in ihren Schenkel und drückte den Kolben ganz hinunter. Sie versuchte zu schreien, als die Nadel in ihr Fleisch drang, doch wegen des Knebels brachte sie nur ein kleines Schnauben durch die Nase heraus.

Dann packte sie das Heroin, und sie flog ins Land der Träume.

14

Es dauerte eine Stunde, bis sie wieder erwachte. Sie war immer noch etwas benommen, deshalb nahm ich ihr den Knebel aus dem Mund. Angesichts ihrer Verfassung musste ich kaum befürchten, dass jemand es hören könnte, falls sie um Hilfe schrie. Ich fragte sie, wie sie sich fühlte.

»Ganz okay«, sagte sie, »glaube ich.«

Wir redeten ein paar Minuten über Belangloses. Dann stopfte ich ihr den Knebel wieder in den Mund und ging nach unten. In der Halle war ein Zeitungsstand, wo ich einige Taschenbücher erstand. Ich ging wieder hoch und las, bis es Zeit für ihre nächste Spritze war.

Gegen die zweite kämpfte sie nicht so sehr wie gegen die erste.

Wir etablierten schnell eine Art Routine. Drei Tage blieben wir dort. Ich ging gelegentlich nach draußen und kaufte etwas zu essen. Alle vier oder fünf Stunden bekam sie ihre Spritze. Den Rest der Zeit blieben wir im Zimmer. Ein- oder zweimal löste ich ihre Fesseln, und wir hatten Sex. Es war nicht besonders gut. Es würde besser werden.

»Ich habe Tahoe satt«, sagte ich eines Morgens zu ihr. »Ich möchte ein paar Tausender. Ich will einen Wagen kaufen, und dann fahren wir nach Vegas.«

»Nimm dein eigenes Geld.«

»Ich hab nicht genug.«

»Dann scher dich zum Teufel!«

Ich hätte sie schlagen, bedrohen oder ihr einfach befehlen können, mir das Geld zu geben. Aber irgendwann musste ich den Test sowieso machen, je früher desto besser. Also zuckte ich mit den Schultern und wartete.

Ich wartete, bis ihre Spritze eine halbe Stunde überfällig war. Dann rief sie meinen Namen.

»Was ist los?«

»Ich … ich möchte eine Spritze.«

»Wie interessant. Und ich möchte viertausend Dollar. Wo hast du das Geld versteckt?«

Sie zuckte mit den Achseln, als wäre es ihr egal, ob sie einen Schuss bekam oder nicht. Aber ich konnte sehen, wie dringend sie das Zeug brauchte. Ihre Augen flackerten nervös, alle ihre Muskeln waren angespannt. Schließlich verriet sie mir, wo das Geld verborgen war. Ich holte es mir, dann nahm ich das Etui und bereitete ihren nächsten Schuss vor. Diesmal war sie sichtlich dankbar, als das Heroin zu wirken begann. Ich hatte ihr den Stoff direkt in die Vene gespritzt, und es wirkte schneller als die anderen Male.

Für den Wagen bezahlte ich in bar. Ich hatte mir einen hübschen neuen Buick ausgesucht, mit ausreichend Pferdestärken unter der Haube und so viel Chrom an der Karosserie, dass er wie ein futuristisches Bordell auf Rädern aussah. Ich lud sie in den Wagen, und wir fuhren zurück nach Vegas. Auf der Fahrt war sie sehr ruhig. In Vegas quartierte ich uns wieder in mein altes Zimmer im *Dunes* ein. Es war Zeit für ihre Spritze.

Ich weiß nicht, wie lange man braucht, um einen Menschen süchtig zu machen. Ich weiß nicht, wie lange es bei Mona dauerte. Abhängigkeit entwickelt sich nach und nach. Ich trieb den Prozess nur voran und ließ zu, dass sie süchtig wurde. Mit jedem Tag brauchte sie das Zeug mehr, jede Spritze trieb sie weiter in die Sucht. Sie wurde körperlich und seelisch abhängig. Heroin ist ein Gewehr mit zwei Läufen.

»Ich gehe«, sagte sie. Ich sah sie an. Es war zwei Uhr nachmittags, ein Freitagnachmittag. Wir waren immer noch im *Dunes*. Vor zwei Stunden hatte sie eine Spritze bekommen. In zwei Stunden war die nächste fällig.

Sie trug ihr rotes Baumwollkleid, dazu eine einfache Perlenkette, die schwarzen Lederstiefel mit den hohen Absätzen. Und mir wollte sie weismachen, dass sie abhauen wollte.

Ich fragte, was sie meinte.

»Ich gehe«, sagte sie. »Ich verlasse dich. Ich lasse dich sitzen, Joe. Dass du mich nicht mehr fesselst, das ist wirklich süß von dir. Also lasse ich dich jetzt einfach sitzen.«

»Und du kommst nicht zurück?«

»Ich komme nicht zurück.«

»Du bist süchtig«, sagte ich. »Du bist ein Junkie. Versuch abzuhauen, und du kommst auf allen Vieren zurückgekrochen. Wem willst du hier eigentlich was vormachen?«

»Ich bin nicht süchtig.«

»Und das glaubst du wirklich?«

»Ich weiß es.«

»Dann ist ja klar, wem du hier was vormachst«, sagte ich. »Nur dir selbst. Mach's gut.«

Sie ging. Und ich wartete darauf, dass sie zurückkam. Wartete, bis der Zeitpunkt, an dem die nächste Spritze fällig war, vorüberging.

Dann kam sie zurück.

Sie war vollkommen verändert. Ihr Gesicht war leichenblass wie ein Fischbauch, und ihre Hände zitterten. Ihr ganzer Körper wurde von unkontrollierten Krämpfen geschüttelt. Sie eilte ins Zimmer und warf sich auf einen Stuhl.

»Du wolltest mich doch verlassen«, sagte ich. »Sag bloß nicht, dass du schon wieder zurück bist. Das war aber eine kurze Reise.«

»Bitte«, sagte sie. Nur das eine Wort – *bitte*.

»Stimmt etwas nicht?«

»Ich brauche es«, sagte sie. »Ich brauch es, verdammt! Du hattest recht, und ich hatte unrecht. Jetzt gib mir meine Spritze.«

Ich lachte. Nicht aus Grausamkeit, nicht weil es mir Spaß machte; ich lachte, damit sie sich der vollen Wahrheit stellte. Sie musste begreifen – mit dem Verstand und in ihrem Herzen –, dass sie abhängig war. Je schneller sie es kapierte, desto unwiderruflicher würde sie dem Heroin verfallen.

Ich sah, wie sie vor Schmerz zusammenzuckte, wie sehr sie das Zeug brauchte. Sie bettelte um die Spritze, und ich tat so, als hörte ich nicht. Ich sah ihr zu, wie sie auf Händen und Knien herumkroch und die Spritze suchte. Ich hatte sie gut versteckt. Sie konnte sie nicht finden.

Dann stand sie auf und riss sich das teure rote Kleid

vom Leib. Sie zog den Büstenhalter und die Unterwäsche aus. Sie nahm ihre Brüste in beide Hände und bot sie mir an.

»Was du willst«, sagte sie. »Was immer du …«

Ich holte die Nadel und verpasste ihr die Spritze. Ich sah mit an, wie der Schmerz aus ihren Zügen wich, und streichelte sie, bis sie aufhörte zu zittern. Dann hielt ich sie ganz sanft in den Armen, und sie weinte.

Danach gab sie allen Widerstand auf. Ich musste sie nicht einmal mehr bedrohen, sie stimmte allem zu. Was immer ich verlangte, wurde gemacht. So einfach war das.

Ein Standesbeamter traute uns in Las Vegas. Er stellte uns die traditionellen Fragen, und ich sagte Ja, und sie sagte Ja, und er erklärte uns zu Mann und Frau. Wir zogen aus dem *Dunes* in ein Apartment mit drei Zimmern und einer Küche im Norden der Stadt. Sie überwies ihr Geld an eine Bank in Las Vegas und eröffnete ein Konto bei einem hiesigen Börsenmakler.

Und ich habe eine enge Beziehung zu dem großen Mann aufgebaut, der im Café sitzt und kalten Kaffee trinkt. Alle fünf Tage verkauft er mir für hundert Dollar Kapseln. Alle vier Stunden bekommt Mona ihre Spritze. Sechs Kapseln am Tag. Ein Affe, der dreißig Steine wert ist, würde man unter Junkies sagen. Mich kostet er nur zwanzig Dollar am Tag, denn ich bekomme Großhandelspreise. Ein Großeinkäufer kommt immer besser weg, selbst wenn das Produkt illegal ist.

Dabei konnte es uns eigentlich egal sein. Zehn Dollar am Tag oder auch zwanzig oder dreißig oder vierzig machten nicht den geringsten Unterschied für uns. Meine Frau besitzt eine ungeheure Menge Geld. Und es sieht so aus, als würde es ewig reichen, weil der Börsenmakler es gut angelegt hat. Einen Teil der Kohle hat er in Wertpapieren angelegt, einen anderen Teil in normalen Aktien und den Rest in sehr einträglichen Immobilien. Allein von den Zinsen können wir im großen Stil leben und brauchen das Kapital überhaupt nicht anzugreifen. Es gibt einen Punkt, wo man aufhört, sein Geld zu zählen. Man nennt es dann Vermögen, nicht mehr Geld. Zehn Dollar, zwanzig Dollar, dreißig Dollar – solche Summen sind Kinkerlitzchen für uns.

Und ihre Sucht tut nicht weh. Mona ist keine von den Junkies, die ich hin und wieder im Café sehe: hohläugige, zitternde Kreaturen, die mit dem großen Mann feilschen. Für eine Rauschgiftsüchtige ist Mona eine Schönheit.

Aber manchmal sehe ich sie an, diese sehr schöne und sehr reiche Frau, die zufällig meine Gattin und rauschgiftsüchtig ist. Ich sehe sie an und erinnere mich an die Frau, die sie einmal gewesen war, frei und unabhängig. Ich erinnere mich an unsere erste Nacht am Strand von Atlantic City und an andere Nächte und andere Orte. Dann weiß ich, dass etwas für immer verloren ist. Sie ist nicht mehr wirklich lebendig. Das Gesicht ist dasselbe, und ihr Körper ist derselbe, aber etwas hat sich geändert. Die Augen vielleicht. Oder die tiefe Dunkelheit dahinter.

Der Vogel im Käfig ist nicht mehr das wilde Ding, das man im Wald gefangen hat. Es gibt einen Unterschied.

So viele unvorhergesehene Dinge könnten passieren. Vielleicht verschwindet eines schönen Tages der große Mann für immer aus dem Café. Sie wird wie ein Tiefseetaucher reagieren, dem man den Luftschlauch durchgeschnitten hat. Wir werden ganz Las Vegas durchsuchen und jeden Stein umdrehen, bis wir einen neuen Dealer finden. Und ich werde das seltene Privileg haben, Monas Seele sterben zu sehen. Stück für Stück.

Oder es gibt eine Razzia, und sie macht einen kalten Entzug hinter Gittern, schlägt mit dem Kopf gegen die Wand und verdammt die Wächter mit unnützen Flüchen. Oder sie krepiert an einer Überdosis, weil irgendein Idiot in der Verteilerkette vergessen hat, das Heroin zu strecken. Eine Überdosis, und ihre blauen Venen und ihre Augen treten hervor und sie ist tot, ehe sie die Nadel aus dem Arm zieht.

So viele Dinge …

Ich glaube, sie ist jetzt glücklich. Sobald sie sich an die Sucht gewöhnt hatte – wie gewöhnt man sich eigentlich daran, abhängig zu sein? Eine gute Frage – jedenfalls, sobald sie sich daran gewöhnt hatte, begann sie Gefallen daran zu finden. Eigenartig, aber es stimmt. Wenn es einen juckt, tut es gut, sich zu kratzen. Jetzt freut sie sich auf ihre Spritzen, hat Vergnügen daran. Natürlich hat sie den Bezug zu einem Teil der Realität verloren. Aber sie scheint zu glauben, dass das, was sie stattdessen bekommt, diese Wirklichkeit mehr als ersetzen kann. Vielleicht hat sie recht. Die Wirklichkeit wird oft sehr überschätzt.

Eigenartig.

»Du solltest es versuchen«, sagt sie hin und wieder. »Ich würde dir so gerne beschreiben, wie es sich anfühlt. Total abgefahren. Als ob eine Bombe explodiert, kapierste?«

Manchmal, wenn sie high ist, redet sie wie ein Hippie.

»Du solltest es mal versuchen, Joe. Nur eine kleine Bombe, um dich auf Trab zu bringen. Damit du weißt, wie es sich anfühlt.«

Ein eigenartiges Leben in einer eigenartigen Welt.

Gestern geschah etwas Seltsames.

Es war vier Uhr, und ich spritzte ihr den Nachmittagsschuss. Ich kochte das Heroin auf, zog es in der Spritze auf, hob ihr Bein und suchte nach der Vene. Sie war knapp an dem Punkt, wo sie den Schuss brauchte. In fünf oder zehn Minuten hätte sie zu zittern begonnen. Ich fand die Vene, spritzte ihr das Zeug und beobachtete, wie sich das selige Lächeln über ihr Gesicht ausbreitete, bevor sie wegkippte.

Dann wusch ich den Löffel und wollte die Sachen gerade wegräumen. Manche Junkies passen nicht auf ihre Geräte auf; auf diese Weise sterben sie an einer Infektion. Ich bin immer vorsichtig.

Wie gesagt, ich wusch gerade den Löffel und legte ihn weg. Dann hielt ich inne – vielleicht sollte ich sagen, ich verlangsamte meine Bewegung – und nahm noch eine kleine Kapsel mit dem komischen weißen Pulver und legte sie auf den Löffel.

Ich wollte selbst einen Schuss.

Komisch. Das hatte nichts mit ihren Worten zu tun, ihrer Einladung, ich solle doch auch herausfinden, wie es sich anfühlte. Ich war kein Schuljunge mehr, der ein verbotenes Laster suchte.

Natürlich legte ich die Kapsel wieder weg. Ich räumte auch den Löffel und die Spritze auf. Ich schloss das Etui und den Beutel mit den Kapseln weg. Selbst in Las Vegas weiß man nicht, wann ein Bulle plötzlich auf die Idee kommt, dass seine monatliche Verhaftungsquote zu niedrig ist. Ich lasse nie etwas herumliegen.

Ich räume immer alles weg.

Zumindest habe ich das bis jetzt immer gemacht.

Doch seitdem denke ich immer daran. Ich kann mir gut vorstellen, was geschehen wird. Vielleicht beim nächsten Mal, wenn ich ihr die Spritze gebe. Oder eine

Woche später. Oder einen Monat. Sie wird ins Land der Träume sinken, und das dankbare Lächeln wird langsam ihr trauriges, wunderschönes Geschichte verlassen, und ich werde die Geräte abwaschen.

Und dann werde ich mir selbst einen Schuss setzen.

Nicht zum Spaß, nicht zum Vergnügen, nicht aus einer Laune heraus. Auch nicht als Belohnung oder als Buße. Nicht, weil ich mein Leben als Süchtiger fristen will. Das will ich nicht.

Ich tue es aus einem anderen Grund. Vielleicht, um etwas mit ihr zu teilen. Oder vielleicht, weil ich genau weiß, dass das Heroin sie mit jedem Schuss ein bisschen weiter fort von mir nimmt. Deshalb vielleicht. Ich weiß es nicht. Aber eines Tages, in ein paar Wochen oder auch Monaten, werde ich mir selbst diesen Schuss setzen.

Irgendwie, glaube ich, werden wir immer zusammen sein. Ganz egal, wie, jedenfalls bleiben wir zusammen. Und das ist es doch, was ich wollte. Oder nicht?

THE END

» Dieses Buch ist Meisterklasse. «
The Scotsman

» Er streckte die Hand aus und zeichnete mit der Pistole eine Linie auf ihrem Gesicht. Sie zuckte zusammen, als er ihr die Waffe gegen die Nase drückte. «

NUR 9,90 €

Allan Guthrie
Abschied ohne Küsse
Übersetzt von Gerold Hens

» Guthrie schreibt eindringlich, energiegeladen, zynisch und mit literarischer Finesse. «
The Times

256 Seiten | ISBN: 978-3-86789-024-3

ROTBUCH KRIMI